图书在版编目（CIP）数据

时间裂缝 / 阳龙著. — 北京 : 新世界出版社, 2018.6

ISBN 978-7-5104-6537-6

Ⅰ. ①时… Ⅱ. ①阳… Ⅲ. ①长篇小说－中国－当代 Ⅳ. ①I247.5

中国版本图书馆CIP数据核字(2018)第102914号

时间裂缝

作　　者：阳　龙
责任编辑：黄　倩
责任印制：王宝根　苏爱玲
责任校对：宣　慧
出版发行：新世界出版社
社　　址：北京西城区百万庄大街24号(100037)
发 行 部：(010)6899 5968　(010)6899 8705（传真）
总 编 室：(010)6899 5424　(010)6832 6679（传真）
http://www.nwp.cn
http://www.nwp.com.cn
版 权 部：+8610 6899 6306
版权部电子信箱：nwpcd@sina.com
印　　刷：三河市骏杰印刷有限公司
经　　销：新华书店
开　　本：880mm×1230mm　1/32
字　　数：200千字　印张：8
版　　次：2018年6月第1版　2018年6月第1次印刷
书　　号：ISBN 978-7-5104-6537-6
定　　价：39.90元

目录 Contents

这是钢筋铁骨铸就的世界，绚烂的灯光下是冰凉且坚不可摧的表皮；我坐在钢铁怪物里面，驶向欲念的更深处。

——朱迪

第一章　混乱伊始

九月末，北方最燥热的一段时间已经过去，秋老虎也张牙舞爪了一阵子，渐渐蛰伏在北方不断飘来的寒冷气流中，又和炎夏的余热不断中和，酝酿着即将到来的彻骨冰寒。

傍晚，一场大雨洗刷了整个北京城，放眼望去，车道两旁的绿化带，都在雨水的冲刷下枝叶透亮，绽放着这一年最后的绿色时光。

不多时，雨过天晴，落日的余晖把远处天际的云朵全都染成了金黄色，又透过蒸腾的水汽，洒遍整个四九城。

五环外，通往保定方向的市郊国道上，一辆奔驰S400飞过路面的积水，极速前行。

“喂，什么事儿，说。”

“朱总，咱们的策划案在财务那边卡壳了，说是预算严重超支。我过去试着沟通了两次，结果财务科的那群人提前躲了出去，愣是没找着人，您看现在……”

刺耳的鸣笛声划破即将笼罩的夜幕。奔驰车里，坐在驾驶位的朱迪不轻不重地捶了一把方向盘。电话那头，已经没了下属喋喋不休解释的声音。

“在公司的时候，你怎么和我说的？”朱迪塞了塞有些松动的蓝牙耳机，尽量让自己的语气平静下来，“保证完成任务！你就是这么给我保证的？这个项目我就一句话，不管你用什么样的说辞应付财务科的人，都必须要敲定下来！”

眉头已经拧成了“川”字，不说话的时候有些薄的嘴唇紧紧地抿在一起。熟悉朱迪的人都会知道，这会儿的朱迪，就像是发疯的野兽一般，或者说即将喷发的火山更为准确。他的耐心已经堆积到了顶点，马上就会彻底爆发出来。

“可是……朱总，咱们这个案子已经超期了，财务科的人就非要认这个死理儿。”

紧紧握着方向盘的手，已经隐约有青筋暴起，朱迪仰头深深吸了一口气，仿佛眼下和自己的愤怒比起来，还有更重要的事情一般。他紧紧咬着牙，那声音几乎像从牙缝里挤出来的一样。

“我再重申最后一遍！别和我再提财务科的人怎么为难你，我不想听过程，我只要结果！要是觉得有难度，尽早和我说，我不难为你！”

没等电话那头的人再说什么，朱迪有些烦闷地挂掉了电话，顺手打开了车窗，雨后的凉风吹进车里，倒也渐渐抚平了朱迪紧皱的眉头。

现年三十二岁的朱迪，在北京一家中等公司做策划部主管，毕业近十年来，沉沉浮浮，最后立足在这个堪称最繁华的城市之一。这些年流过的汗水和泪水，只有朱迪自己清楚。

做事吹毛求疵、语气刻薄不近人情、整日像面瘫一样板着一张脸……这样的评价，也伴随着朱迪从少年时代，逐渐过渡到青年时代。

上司看好朱迪工作上的冲劲儿，客户满意朱迪做出的项目成效，曾经的同学羡慕朱迪在北京打拼下的事业。

只是闲暇的时候，朱迪一个人待在房间里，捧着手机翻看过去同学的朋友圈的动态，也曾经反过来羡慕过这群同学。

这些年朱迪一个人拼了命似的工作、打拼，看起来越来越风光的同时，也把自己推到了“孤家寡人”的地步。

朱迪有时也会反思自己的做事风格，反思如今自己的身边几乎没有朋友，一切关系都需要用公司、用项目去维系。但这些也都是朱迪在深夜时的无病呻吟，第二天起床上班，朱迪还是那个板着脸吹毛求疵、语气刻薄的公司主管。

刚毕业时面临的一切，就像这场雨一样冰凉，若不是这份冲劲儿，朱迪早就像枝叶端头的雨水，滴落下来，融进泥土里去，再也看不见了。

在刚过而立之年的朱迪身上，他的缺点和他的优点一样明显。

窗外微微泛起了一些凉意，朱迪紧了紧自己的衣领，反手关上了车窗。

这种伤春悲秋的状态在他的身上实则少见。这些年的摸爬滚打，他深知曲高和寡的真谛。人越往上走，与周围人的共鸣越少，真正的挚友一生或许只有一两个。足够自己细细品尝的，便是这种深入骨髓的孤独感。每一次经历这样的心绪起伏，朱迪就越发地有对伴侣的渴望，爱情、家庭……一切温暖的字眼他都渴望。

想到这里，朱迪冷峻的脸上也露出了一抹温柔的神色，他蜷缩在车中，孤独让他卸下了一直以来的“面具”。

就像曾经好友对他的评价那样——这些年，朱迪渐渐活成了他最讨厌的样子。

想当初曾经因为这样类似的缘故，他多么地痛恨排斥自己的父亲，两人至今无法彻底和解。但随着岁月流逝，他却也不知不觉地扎进了这个大染缸里，彻底变成了自己讨厌的样子。

一想到这儿，朱迪就不由得想到了上午的经历。

时间回到四个小时之前，朱迪刚刚从公司楼里走出来的时候。

不远处的路边树下，一个穿着考究的中山装、背部稍有佝偻的老人，在低着头默默抽烟。岁月在老人的脸上刻下了深刻的印记，在他的头发上留下了花白的颜色。

朱迪看到老人的时候，明显愣怔了许久，脸上罕有地露出了犹豫的表情，但是稍稍驻足之后，他还是快步向老人跑去。

“张叔，来了就给我打电话啊，干吗在楼下等着啊？”

老人抬头看了朱迪一眼，露出笑意，将烟弹灭。

“不碍事，不碍事。”摆了摆手，老人又犹豫地看了朱迪一眼，然后略带试探地开口：“小迪，你……今天下午有空吗？”

朱迪一愣，继而追问道：“有点小事，不太好推脱，张叔，怎么了？是不是科研室那边出什么问题了？有什么我能帮上忙的吗？”

老人拘谨地再摆了摆手，顿了顿没有直接开口，好像有什么话难以启齿，又或者是在缜密地组织语言。

“小迪，是这么回事儿。我跟你爸前段时间的课题，最近有了突破性的进展，学校里定在今天下午进行一场新闻发布会。小迪，你是知道的，这个科研项目是你爸他大半辈子的念想。你们俩的事儿，张叔说了你也不爱听，但是今天对他来说是这么重要的日子，张叔还是希望你能够到场，这个科研项目是你爸爸的骄傲，你也是他的骄傲……”

老人还想继续说下去，朱迪冷峻的脸上却已经泛起了不耐烦的神色，嘴唇张了半天，最后还是挥手打断了张教授的话。

类似的话语，这些年朱迪已经听了无数遍，但是那深深埋在自己内心的心结，却始终没有解开的迹象，反而因为这些年的冷战，这心结越发难缠。

“张叔，不用再说了，你的心情我能理解，但今天中午在郊区有一个很重要的事情，我没办法推脱，很可能晚上就不回市区了，发布会我就不去参加了。”说到这里，朱迪抬头看了看张教授失落的神情，喉头吞咽了半天，才又开口继续说道，“这样吧张叔，等我忙过了这几天，就去科研室看你们。”

老人暗淡的眼神忽地又恢复了光亮，欣喜地点了点头。

“行，张叔就知道你是个晓得道理的好孩子，你先去忙你的，过几天我跟你爸在科研室等你！”

看着张教授离去，朱迪站在树下愣怔了很久、很久，才长长地吐了一口气。

这么多年了，也许，应该给两人一个和解的机会了。

这么想着，朱迪不再迟疑，转身大步流星地走向了停车场。

心结有了释怀的迹象，还有今天中午的期待，一切……似乎都开始朝着美好的方向发展。平日里机械而枯燥的生活，似乎也开始泛起了点点色彩。

朱迪这是要去京郊参加一个大学庆典。本来昨天的时候，活动就已经在校内展开了，但当时朱迪正在忙手头的项目推进工作，就委婉地拒绝了。

可在今天，一个朋友打来电话特意告诉他，中午市郊会所的私下聚会，有一个老同学会来。

当朱迪听到那个许久未曾有人提及的名字时，仿佛有五千万吨当量的氢弹在自己的脑海中轰然炸响。朱迪整个人呆愣了足足几分钟才反应过来，然后立即把还没敲定的工作交给下属，一路跑出公司，先碰到张教授，谈完后就马不停蹄地开了车赶去赴会。

归云一去无踪迹，何处是前期？狎兴生疏，酒徒萧索，不似少年时。

当年匆匆一别，如今已不知多少光景逝去了。

开车往前走了不到一公里，电话铃声再度响起。

“喂？”

电话那头，一个玩世不恭的声音传来。朱迪的脸上，也不由自主地露出一抹不可察觉的微笑。

“喂，兄弟，到哪儿了？”

“出五环了，在路上！”朱迪应了一声。

“那行，快点儿啊哥们儿，我这一说你要来，一群人可都没动筷子没喝酒，就等你了！”

“呵呵！”朱迪听到这话莞尔一笑，随后目光无意中扫到了后视镜上的一个粉红色挂坠，喉头滑动了好几下，才轻声开口问道：“她……到了吗？”

连朱迪自己都没有注意到，他说话的声音是多么颤抖。

“不是我联系的她！”电话另外一头的男子随口说道，“但听其他同学说，她好像也快到了！”

“嗯……行，我知道了！”朱迪点了点头。

“快点吧，到门口给我打电话！”

“好！”

说完，朱迪就挂断了电话。

“呼！”

朱迪长长地出了口气，特意在后视镜内，照了一下自己的脸和头发，有些不满地嘀咕了一句："胡子没刮干净，显老！"

谨慎地检查了一下自己的仪态之后，朱迪猛踩油门，朝着聚会的会所赶去。

《美国往事》里有这样一段话：当我对所有的事情都厌倦的时候，我就会想到你，想到你在这个世界的某个地方生活着、存在着，我就愿意忍受一切。你的存在对我很重要。

从没有哪一个瞬间像现在这样，朱迪很迫切很迫切地想要见到一个人。

又行驶了二十分钟左右，朱迪扫了一眼导航，打着方向盘把车停在了拥堵的直行加右转道上。

前面停的车一眼望不到头，绿灯时间还很短，朱迪坐在车内往前磨蹭了两个红灯的时间，才排到中间位置。

没有想到，郊区也会堵成这样。

朱迪皱着眉头，随后试着向右侧打着方向盘，想要从路边的空隙中往前抢一抢。

他的心里有些着急，急着见到那个老朋友。

将车插进右侧路边的空隙之后，朱迪礼貌地按着喇叭，缓慢地前行了一个红灯的时间，随即瞅准空隙，加速从拥堵的路上将车开了出来。

用手推上右转向灯，朱迪转着方向盘，就将车向右拐去。

就在这时，车身左侧的直行路上，一辆黑色轿车也在抢了红灯的情况下极速冲来，并伴随着刺耳且急促的喇叭声。朱迪本能地扭头一瞅，眼前大灯刺眼的光芒让他什么都看不清楚。情况紧急，他直接向右扣死方向盘，准备躲开对方车辆。

“吱——嘎！”

急促的刹车声，在冲过来的黑色轿车轮胎下响起。但由于刚下完雨，路面湿滑无比，这辆车的司机一踩刹车之后，车不但没停住，反而侧推着冲了过来！

朱迪急转方向盘，刚要加油，就只听到轮胎原地打滑的刺耳噪声。

三秒后，嘭！一声极为刺耳的闷响划过整条街道。

朱迪脑袋一阵眩晕，只感觉安全气囊打在脸上后，直接爆裂。

随即就什么都不知道了。

街道上，两台几乎已经被撞得解体的车辆，一个侧翻着，一个车头完全撞碎，就这么停在了马路中央。

一地碎裂的零件和保险杠塑料壳的残片，足足铺满了将近十米长的路段。

两台车内，都有鲜血从缝隙中滴落在地上，混在雨水中，渐渐看不清了……

医院病房内，煞白的墙壁刷得明亮，刺眼的阳光透过窗户洒进来，照在墙壁上，显得越发刺眼。

朱迪的一切感官，都停留在两辆车撞击的瞬间，眩晕、失重、昏暗……他像是做了一场惊险刺激的梦，仿佛整个人腾空的瞬间，就像在漫无边际的黑暗世界中无止境地漂流。

刺鼻的消毒水味道，还有身上各个地方传来的阵痛，将朱迪的意识拉回了身体里，一场混沌的梦做到了尽头。朱迪艰难地睁开了沉重的眼皮，强烈的阵痛感和眩晕感刺激着大脑，让他连续两次想起身，都无功而返。

“朱迪？你可算醒了！”

朱迪还没看清楚周围，耳边就响起了一个男子略显焦急的声音。

朱迪扭头看了过去，目光有些呆滞地注视着身旁这个男子。两三秒后才认出来他是谁。

“李伟啊……”

朱迪伸手就要扶着还有痛感的脑袋，随即想再次起身。

“哎，停！停！停！你别抓啊，脑袋上还有纱布呢！”李伟赶忙上前，伸出双手将朱迪扶着坐了起来。

“这是……在……在哪儿啊？”朱迪还是有些没适应，皱着眉头，目光有些涣散。

“医院呗，还能在哪儿？”李伟低头检查了一下朱迪头上的纱布。

“我……我想起来了，车祸……”朱迪停顿了一下，声音有些低沉，像是在喃喃自语。

“对！跟一马路杀手怼了个瓷实！”李伟一边苦笑着说，一边按下了朱迪的手，唯恐他再下意识地抓向伤口。

“那聚会呢？”朱迪像是想起了什么，握着病床栏杆的手攥得有些发白。

“早都散了！”

明知道朱迪要问，李伟的回答还是有些意兴阑珊。

“她……”朱迪嘴唇嚅动了一下，把话问了一半。

“她？她没去！”

朱迪终于有些失神地点了点头。

李伟看向朱迪的目光有些复杂，朋友多年，朱迪的一些变化，李伟也都看在眼里。关于那个她，李伟近些年来极少对朱迪提及，就是不想看到朱迪如今失魂落魄的模样。

大概也能明白这会儿朱迪的心情，李伟伸手拍了拍朱迪的肩膀，推门走出了病房。

“我去给你叫一下医生！”

李伟有些自责，先前在路上就是他给朱迪打电话，催促他快点到场，结果害他出了车祸。

李伟与朱迪同龄，长相帅气，时间不曾在他的脸上刻画出太深的印记，如今看起来，也一点儿都不像年过三十岁的人。此人擅长嘴皮子功夫，尤其面对漂亮姑娘的时候，一张嘴能跑火车，很招女孩儿喜欢，绝对是被段子和妹子耽误了的外交天才，不是一般的能侃。

出了一场车祸，但为自己忙前忙后的却只有李伟一人，朱迪有些感慨，偌大的城市，能算得上是朋友的，可能也就李伟一人了。

朱迪躺在病床上，心情有点懊悔，又有些失落。他已经在心中酝酿了千百次见面的对话，准备了无数种见面应该有的表情，想象着她或许会哭或许会笑，或许会无视，但最后，他却错过了与那个人见面的机会。

一场车祸，又让他错过了。

他有些无法言喻此刻的感受，仿佛曾经心心念念的某件事情开始在自己的心里生根发芽，如同可怕的噩梦一般。这噩梦跟随了他很久、很久，似乎还要继续跟随下去。这些年他曾经不止一次地努力过，每次当他以为梦就要醒来，自己就可以得偿所愿的时候，马上就会有相似的场景，重新摆在他的面前。

生活以最诡异的方式开着朱迪的玩笑。

但是无端地，他心中又仿佛松了一口气。不知道为什么，他既想要见到她，但又害怕见到她，害怕她已经不是曾经记忆中的样子；害怕她已经忘却当年的感情，徒留自己神伤；害怕她已经嫁作他人妇，开启新的生活……

这样的结果，如同噩梦一样，曾经无数次让朱迪在午夜惊醒，汗流浃背。

大仲马在《基督山伯爵》中曾经写过这样一段话：如果你渴望得到某样东西，你得让它自由。如果它回到你身边，它就是属于你的；如果它不回来，你就从未拥有过它。

曾经他千万次无比渴望得到这样一个答案，如今答案即将摆在自己的面前，他却无端地胆怯起来。

偌大的病房里，只有四周墙壁折射来的刺眼阳光，还有悄然的寂静，朱迪一个人沉默了很久、很久。

他想苦笑，一张脸却怎么都挤不出笑容来，造化弄人，就像他们两个人这些年的关系一样。

五分钟后，坐在病床上发呆的朱迪，看见李伟和主治医生一块儿迈步走了进来。

主治医生给朱迪做了一个初步检查，这才摇头冲着李伟说道："有点儿轻微脑震荡和外伤，没什么大事儿，先静养吧！"

"谢谢医生，谢谢！"

李伟连连点头冲医生道谢。

"注意一下睡觉姿势，别压着伤口……"医生拿着病历本一边记着，一边继续说道，"嗯，歇着吧，我先出去，有事儿再叫我。"

说完之后，医生迈步离开了病房，李伟则折身坐回朱迪身旁。

"哥们儿，你这回是真挺悬的。你都不知道，我去现场看你那个车，当场就蒙了。那方向盘，飞出去二十多米远……"

不知道是车祸的后遗症，还是那场混沌梦境带来的余留感觉，朱迪觉得自己好像还没醒过来一样，面对李伟喋喋不休的赘述，也只像是对那场梦境的还原。

他真的，真的不记得这些细节了。

就在这时，一位漂亮少妇，手里拎着一些快餐和水果，迈步从门外走了进来。

朱迪下意识地抬头，脸上的表情忽然僵住，有些发蒙，活像是见了鬼似的。

“让你点外卖就行了，你还非得下楼买！”李伟说话间就从少妇手里接过东西。

朱迪有些疑惑的目光在李伟和女人的身上来回打转。

他忽然发现眼前的一幕说不出地荒唐，李伟在和自己开玩笑吗？不！不！应该不是的！这是他心中最深的痛。曾经因为这个女人，李伟不止一次喝醉了酒在自己面前痛哭，那个悲痛得像个孩子一样的李伟，朱迪这一辈子都不会忘记。

面前的两个人没有太多的时间让朱迪去疑惑，去思忖，他正愣着神，两人又开始甜言蜜语起来。

“医生说你要多喝点汤，我就特意去买了点儿，外卖那都是糊弄事儿！送过来不得凉了？”女人说着话，顺手帮李伟收拾着带回来的饭菜。

“这是什么啊？”李伟打开一个食品盒。

“东北酱骨，很好吃的，你尝尝！”少妇伸手抓了一块，递到了李伟嘴边。

“还真挺好吃的！”李伟张嘴尝了两口，顿时眼睛一亮。

两人自顾自地说话，躺在床上的朱迪看着二人，想要说些什么，最后还是沉默不语。

这两人的言谈举止是那么的融洽，这样却越发让朱迪手足无措。

几分钟后，三人在病房内简单开饭。

吃饭的时候，朱迪的目光始终古怪地在李伟和女人的身上不停地打转。

李伟撂下筷子，疑惑地看着朱迪："咋了？你这小眼神儿看得我浑身发毛。"

"啊，没事儿！"朱迪啃着骨头，语气含糊地一句带过。

一顿饭在气氛稍显诡异的情况下结束，随后朱迪趁着女人出去扔垃圾的时候，突然拉住李伟问了一句："兄弟，你什么情况啊？"

"我咋了？"李伟一愣。

"你俩……不是离婚了吗？"朱迪皱眉问道，他问得有些小心翼翼，唯恐触动李伟哪根神经，又生恐自己的语气唐突，让李伟心有怨结。

"离婚？"

李伟一头雾水，再次反问。

与此同时，朱迪看着李伟的双眸突然变得模糊起来，大脑开始眩晕，熟悉的混沌感从脑海中蔓延出来，仿佛将朱迪整个人都淹没进去。

"哎，哎！朱迪？朱迪！"

眼前忽地一暗，朱迪再也看不到任何东西，只有强烈的眩晕感。李伟急迫的喊声在朱迪耳边传来。

最后，失去了意识的朱迪，昏倒在了病床上。

无边黑暗又一次将朱迪淹没。

睡梦中，种种光怪陆离的场景渐次浮现在朱迪的脑海中，不断行走的人、大呼小叫的声音、汽车的鸣笛声，甚至不远处疾驰而来的救护车的声音……

车祸？还是什么？自己是当事人？还是旁观者？

哦，对了，好像后来被送到了医院，之后又发生了什么呢？似乎有人围着自己絮絮叨叨地说了些什么？

仿佛是最拙劣的剪辑师剪辑的不连贯的影片，连情节都是支离破碎的，先是混乱，而后是强烈的眩晕感，让人作呕一般的难受，最后一切归于平静，一切归于黑暗。

当朱迪再次睁开眼睛的时候，依旧是医院里那间熟悉的病房，四周已经空无一人。

“这是怎么回事啊！”

朱迪迷迷糊糊地从床上坐起，床头的水杯还冒着热气，朱迪随手拿起来咕咚咕咚一饮而尽，才看到了床头桌面上摆着的一张字条。

“医生说你没什么事儿了，让你出院静养！明天晚上，系里同学给你补办个联谊会，你在路上注意安全，小心点儿就行！”

朱迪苍白的手指紧紧捏着纸条，伸手揉了揉紧皱的眉心，自顾自地喃喃自语道：“这李伟什么时候跟他前妻复婚了？也没告诉我一声！”

这是种极其不适的感觉，仿佛朱迪的记忆之中，有那么一小块地方，被人生生抹去了一般，既能感受到那种空落落的感觉，却绞尽脑汁也想不出，自己到底忘记了什么。

荒唐、迷茫，甚至还带了点儿失落。

就像是……一场闹剧一样，所有人都在配合着粉墨登场，依次表演，只有朱迪，只有他是不知道剧情走向的那个人。

伴着这样凌乱的感觉，朱迪沉沉睡去。

第二日中午，朱迪顺利出院。

阳光不似前日那样刺眼，京城少见的清澈湛蓝的天空上有半边层云叠嶂，柔和的阳光让朱迪深深地吐了一口气。

希望从今天开始，一切都会好起来。

下午大概四点钟，朱迪打车赶到市区内的一个聚会地点，刚走进大厅，就看见李伟和另外一个男子勾肩搭背地从电梯里走了出来。

“你听我跟你说，真不是我吹！老朱这回真的是命大！”李伟一如既往地絮絮叨叨，一边往朱迪这边走，一边揽着旁边人的肩膀，表情夸张，手舞足蹈。

而站在大厅内的朱迪，在看清楚李伟旁边的人是谁之后，整个人忽然僵在原地。酥麻的电流沿着末梢神经传递到朱迪的每一根毛发上，他连嘴唇都在不由自主地颤抖！

“老朱，怎么样啊？感觉好点儿没！”与李伟一起出来的男人，还没等走到朱迪身前，就张嘴问了一句。

朱迪步伐有些趔趄地往前迈了两步，随后一把抓住李伟，把李伟拽到了一旁。

“你干什么啊？”李伟有点蒙地问道。

“他是……张涛吗？”朱迪指着旁边的同学，牙齿打战地问道。

“你这不是废话嘛！他不是，你是啊！”李伟无语地回道。

不经意瞥了一眼，李伟的表情这才严肃起来。

朱迪再也不复镇定，下巴颏不断地打战，双眼霎时间泛红，眼看已经有泪花在眼眶里打转了。

“可……可他不是死了吗？”

朱迪嘴唇煞白，死死咬着牙，硬生生挤出来最后这句话。

第二章　光怪陆离的继续

细密的小雨纷纷落下，呼吸中都是泥土散发出的味道，沉郁、冷清、悲凉。乌压压的人群安静地站立着，黑色的西装，黑色的雨伞……

所有人都小心翼翼地看着面前的一切，连呼吸都是小心翼翼的，似乎唯恐惊扰逝者长眠。

人群的角落中，朱迪几人面容悲戚地站在那里，静静地看着一个又一个同样情绪的人走上台，用或者轻声细语、或者断断续续的声音，讲述自己的悲伤，讲述对于张涛的思念。

一旁的李伟已经哭成了一个泪人，泣不成声。朱迪也双眼通红，凝视着人群，凝视着高台，凝视着台子后面张涛那张大大的黑白相片。那种悲伤，仿佛深深刻在了朱迪的心里。

悲伤的音乐在墓园中响彻，朱迪脸上郁结的愁容，像他紧皱的眉头一样，长久地挥之不去。

片刻后，朱迪拍了拍李伟的肩膀，好友似乎还未从悲痛中走出来，只是一边抹着眼泪，一边朝朱迪摆了摆手。

雨水冲刷的青石路面有些滑腻，朱迪走得很慢，走得很小心，仿佛走了很久、很久，才登上高台。

“我在此悼念，我们共同的好友，张涛……”

朱迪无法确定那天自己的声音通过麦克风放大出来，到底是什么样的。

嘶哑？哽咽？还是强撑着的疲惫镇定？

说到最后，朱迪的耳边只剩下张涛妻子小声的啜泣，只剩下远处李伟的号啕大哭。最后的时候，朱迪也终于绷不住落下了泪来。这是他少有的落泪的时候。记忆里似乎上一次也是参加葬礼，参加母亲的葬礼，那一天，自己就像现在的李伟一样，哭得像个无助的孩子。

“静静流逝的所有一切，这个世界没有终结。安息吧，我的孩子，你的灵魂将会延续。你的诞生与你的生存只是为了传递那希望的诗篇，直至永远，将此泪水献给你，这是崭新的爱语，我们将感谢你给予我的梦想与幸福的日子。在这个地方与你初次相逢，直至永远。我走过那片阴暗的草坪……我不会感到恐惧，因为你的灵魂与我同在……”

牧师深沉的悼词在慢慢响起。

雨越下越大了，打伞的人却越来越少。地上青葱的野草，如今被一地落叶铺满，众人面前就是张涛的坟茔，还有那高耸的、冰冷的墓碑。

……

曾经悼念会的场景，支离破碎的记忆碎片，像是梦境，又像是昨日真实发生的事情，在朱迪的脑海里不断地往复。

哀乐的每一个音符、到场所有人的音容相貌、自己带着哭腔的悲痛发言，似乎每一个细节，朱迪都能够回忆起来。但是那一日的见面，朱迪的脑海里始终有一个诡谲的声音在不断地重复，告诉朱迪，这一切都是梦，都是他一个人的臆想。

那个人分明还活着！数年之后的聚会，他还在亲切地询问自己车祸的伤势，脸上带着依稀可辨的笑容，活像是老天跟他开的一个玩笑。

这个玩笑对于朱迪而言，开得有些大发了。

刺鼻的消毒水味道再度把朱迪从梦境拉回现实。

他的右手滴着生理盐水，脑袋上缠着绷带，整个人在迷迷糊糊的状态下醒来。朱迪睁开眼睛向四周望去，他依旧身处在医院当中，病房里显得空荡荡的，除了朱迪，四下无人。

外面已经被夜色笼罩，九月末的凉风透过窗户半开的缝隙吹了进来，带给朱迪最真实的触感。

这不是梦境！

朱迪揉着有些昏沉的额头，先前沉睡时脑海闪现的画面，像幻灯片一样不断地在朱迪眼前闪过。

张涛到底是死是活？

两段截然不同的记忆，到底哪一段是真实的，哪一段是自己的臆想？

记忆中车祸前最后的画面，自己还在会所的大厅，准备参加同学聚会，怎么一转眼，醒来之后又在医院里了？

天已经黑了，中间过去了多长时间？

朱迪在病床上躺了很久、很久，才皱着眉头坐起来。这一瞬间朱迪有一种被世界捉弄的感觉。昏暗的病房里空无一人，朱迪像一个冷静又疑惑的看客，注视着一切。

唯有窗外传来的晚高峰时段密集的汽车鸣笛声，还在告诉着朱迪，这个世界依旧在照常运转。

朱迪倚着床沿呆愣了一会儿，沉睡中梦魇带来的混沌才逐渐消退下去，两段记忆带给了朱迪完全不一样的感受。

他渐渐回忆起了更多的细节，关于张涛的亡故，关于那场悲痛的追悼会。朱迪清晰地记得，张涛葬礼那天自己准时出席，并且还担任同学代表给张涛念了一段很长的悼词……

那天，是朱迪工作之后第一次掉眼泪，张涛不仅是他的同学，更是他为数不多的好朋友、哥们儿、兄弟。

他不可能记错的！

但无法解释的是，为什么已经去世的张涛会和李伟一同出现在酒店大厅，并且在自己问出最后一句话之后，后面发生的事情竟没有一点儿的印象。

是谁把自己送到医院的？李伟吗？还有医生是否给自己检查了……这些事情，朱迪完全不记得了，仿佛自己的记忆被人活生生地抹去了一段。

两种截然不同的记忆不断在朱迪的脑海中冲撞着，让朱迪觉得自己快要崩溃了。两段记忆都像真实存在、真实发生过一样，那么完整的细节，又怎么会是自己的臆想！

坐在床上，朱迪揉着脑袋，冷静了许久，忽然想到这一切错乱的源头——那场车祸。

车祸？

难道是车祸给自己带来了后遗症？所以自己的记忆开始错乱？这些天的经历才显得这样荒谬？

朱迪想到这里，眉头紧锁。他简单粗暴地拔掉了吊瓶针头，不顾针口处有细密的血珠渗出，光着脚就下了床，打开病房门直接走了出去。

“先生，先生……您这是？”

朱迪刚一出门，就遇到了门外打水的漂亮女护士。护士十分不解地看着光脚走在走廊的朱迪，满脸疑惑。

“医生呢？”

朱迪眼珠子里血丝密布，此刻顾不得许多，苍白的手掌紧紧抓住了护士的肩膀，话语急迫地问道。

“在……在值班室呢……”朱迪的样子吓到了女护士，她咬了咬嘴唇继续开口，“您怎么了，先生，有什么地方不舒服吗？”

女护士的话还没说完，朱迪就已经松开了她的手臂，慌慌张张地转身，随即快步往主治医师值班室走去。

深夜里昏暗的长廊，依稀有些光亮，只有走廊尽头的一间值班室，透过浑浊的玻璃，透出些泛黄的灯光来。朱迪站在门口，深深吸了一口气，似乎是想让自己变得更冷静些，而后又踌躇了许久，才伸手敲了敲值班室的门。

“进来。”

医生不算高亢也不算低沉的声音自值班室里传出，朱迪这才推门而入。

值班室的灯光显得晦涩且暗淡，墙上挂满了各种医院的规章制度。朱迪匆匆扫过一眼后，就看向台灯旁的主治医师。医生一手拿着病历单，一手在纸上写着什么。即便是朱迪推门而入，医生也只是淡淡地瞥了朱迪一眼，自始至终没有说话。

“医生，我想再检查一下，就是脑部，再拍个片子！”朱迪坐在椅子上，犹在强装镇定，但紧紧皱起的眉头却已经出卖了他内心的焦急。

“为什么？”医生扶了扶眼镜，视线终于从手中的病历单上挪开，面无表情地看着朱迪。

“因为我觉得，我自己脑袋可能出问题了。”

看了一眼朱迪还在渗血的手背，医生先没有理会朱迪的问题，反而从一旁拿出一块酒精棉球来，递到朱迪面前：“自己按住针口。”

朱迪有些心不在焉。

“朱先生。”医生拿起圆珠笔，在桌子上面轻轻点了几下，这才回应道：“你的出院手续是我批的。在这之前，我仔细看过你的各项检查，我可以很负责任地告诉你，朱先生，你一切都很正常。”

“不，医生，我认为我的记忆出现了错乱，我的一个同学明明已经去世，但我今天出院后，却看到他和我朋友站在我的面前！之后的经历更是光怪陆离，我甚至都不明白，我是怎么回到医院的……”朱迪语速很快地解释道，“医生，这方面您是专家，我想知道，我之前经历的车祸是不是对我的记忆造成了影响？”

医生罕有地顿了顿，似是在认真思考朱迪的问题。良久后，医生还是轻轻颔首，略带肯定地说：“从医学角度来讲，撞击脑部，确实有可能会引起影响记忆方面的后遗症，但是你的脑部没有任何问题！”

“……没有任何问题？不可能！医生，我还是想要再做一下脑CT，重新检查一下！”朱迪有些急了。

“朱先生，总做CT的话，会有不良反应的。”医生依旧冷静地劝说着朱迪。

“医生，我……”朱迪有些激动地站了起来。

“好吧，你去楼下交费！”医生皱眉直接打断了朱迪的话，扶了扶眼镜，目光重新回到手中的病历单，不再理会朱迪。

两小时之后，依旧是主治医师值班室。

医生拿着朱迪拍出来的片子，仔细扫了两遍之后，摇头说道：“朱先生，我可以再和你确定一遍，你的脑部没有任何问题，很健康！”

“这……”朱迪不可思议地说道，“那我记忆混乱的问题，到底是怎么回事儿？医生，我要不要再检查检查别的？”

“朱先生，我做主治医生快十年了，还没有在片子的判断上出现问题！”医生摆手说道，“回去多休息一下，你可能太累了！”

“您帮我再好好看看……”

医生脸上明显有着几分的不耐。朱迪一再对自己的诊断提出质疑，在寻常的时候，这都算是较为过分的患者了。更何况，现在是深夜，漫长黑暗带来的疲惫，让医生也少了几分平常的耐心，看着朱迪还想继续絮语，医生很果断地挥挥手打断了朱迪的发言。稍有些昏黄的灯光旁，医生忽地往前探了探身子，金丝边框眼镜的后面，是一双锐利的眸子，如同他寻常时候握着的手术刀那样锐利。

“医生……”

迎着医生的目光，朱迪焦急的内心忽地一空，顿时有些说不出话来。

“这样吧，我给你推荐一位业内比较权威的精神科医生。”医生说着就从抽屉里拿出了一张名片，“他也许会帮到你！”

朱迪张了张嘴，似是想要再说些什么，最后却只好无奈地接过了医生递来的名片。

“谢谢。”

医生点点头，朱迪转身走出了值班室。先前打水的护士已经不知道跑哪里去了，长长的走廊空荡荡的，朱迪一个人坐在走廊边的座椅上，双手紧紧攥着检查结果，头深深埋在臂膀中。

他曾经无数次幻想过打破那枯燥乏味无聊的生活，但是却没有想到会是以这样的方式，似是被一双无形的大手紧紧地推着，跌跌撞撞地闯进了诡异的生活中。

走廊的另一头，忽然传出患者剧烈咳嗽的声音，还有踉跄的脚步声。似乎是那个人在起夜，紧接着又是小护士匆忙的步伐。悄声的询问，如同一块石子，投进了长久平静的湖面。不多时，医生从值班室走出，看到坐在一旁的朱迪，脚步顿了顿，似是想要说什么，最后却一言未发，朝着远处走去。

也不知过了多久，医生拖着疲惫的脚步走回来，正开着值班室门的时候，医生忽地转过头来，看了一眼朱迪。

“朱先生，车祸这样的事情，不是我们人力可以完全避免的，难免会受到惊吓，一时的不适，多休养几天就会好转过来。很多时候精神恍惚，有幻觉出现，都属于正常的临床现象，朱先生不必这样钻牛角尖。”

医生的一番安慰，虽然未解决什么实质性的问题，但朱迪的心情终归因为这些话放松了一些。常年待在医院中的人，可以关注到许多旁人不去理会的细节，朱迪露出一个稍显轻松的笑容，朝着医生点了点头。

“夜里凉，朱先生早些回病房吧。”

说完之后，医生这才推门进去。

先前还未觉得有什么，经过医生这一提醒，朱迪这才察觉到了一些凉意。自从自己莽撞地走出病房，一直到这会儿都光着脚呢！可不要还没出院，又再染上感冒。

狠狠地揉了揉脸，朱迪拍了拍大腿，强自镇定起来，不再去想这些让自己苦恼的事情。终归非一日之功，身体是一切的本钱。

这样想着，朱迪缓缓走回了病房。

朱迪出院后按照名片上的地址，打车来到了那个精神科医生的私人工作室。

但是不巧，迎接朱迪的是两扇紧闭的铁门。

诸事不顺，连带着刚刚出院的朱迪，心情也差了起来。看着路边行色匆匆的路人，朱迪又转头看着铁门上的牌子——“心理诊所”。朱迪忽然觉得这个牌子有些刺眼。

一对情侣欢笑着从朱迪的身旁走过。这一瞬间，朱迪甚至有些慌乱，甚至是有些逃避般地走向路旁。他似乎对这扇紧闭的铁门有些敬而远之。

他觉得，这一瞬间的自己在别人眼中，一定狼狈极了。连续好几日的胡子都没有来得及刮，凌乱蓬松的头发，还有那布满血丝的眼睛，都挺吓人。

他不想让别人知道，自己的精神出了问题，甚至开始怀疑自己的生活中存在某些臆想！

车祸不可怕，但他觉得，自己不应该是一个精神病人。自己勤勤恳恳地工作，认认真真地生活，这样的境遇，何其不公？

面对这样诡谲的经历，朱迪显得有些无可奈何。

他本就知道，医生给自己名片的举动，讽刺意味很明显。但朱迪反而觉得，自己既然没有什么车祸后遗症，记忆混乱的问题，或许能够在精神科医生这里得到一个答案。

晚上，回到家里，朱迪也没心思吃饭。他决定给李伟打个电话，问清楚那天事情的原委。可电话响了半天，李伟都没有接。朱迪百无聊赖，索性整个人就坐在床上，拿着手机搜索与记忆错乱有关的医学资料。

他无法解释这反常的一切，难道真的是最近工作压力太大了？

还是出现了医学上常说的障碍性幻觉？又或者只是单纯的车祸后遗症，缓几天就会彻底好过来？

他给自己找了一千种理由去强行解释这样的境遇，最后却找到了一千零一种理由去反驳前者。

……

越想头越晕，朱迪靠在沙发上，困意不断袭来，就这样昏昏沉沉地睡了过去。

第二日一早。

朱迪睡醒之后，简单地洗漱了一下，从冰箱里拿出几片面包抹着果酱吃了。

简单填饱肚子，朱迪拎着公文包，换了一套西装，准备再去精神科医生那里碰碰运气，但人还没出门，公司的电话就打了过来。

“喂？”

朱迪接起了手机。

“朱总，您还没到公司吗？”

“帮我请个假，我上午有事儿！”朱迪拿着电话一边往外走，一边回应道。

“朱总……今天财务科和咱们项目组这边有个挺重要的碰头会，如果您伤势没什么问题，请您尽量过来一趟，有些预算的问题我们也做不了主……”

“我……”朱迪沉吟半晌后，张嘴回道，“好吧，我马上过去！”

悦城大厦，十七层未来科技公司。

朱迪拎着公文包，迈步走出电梯，随后转了两个弯儿，就推门走进了公司。

朱迪刚走过公司前台，就看见财务科的章总正与一个穿着邋遢、右腿有明显残疾的中年男人在交谈。

四周人影攒动，不少职员坐在位置上，对着电脑，但是眼神不住地飘向章总这里。

这两人站在一起，当真是说不出的违和感。一个像是在这座繁华城市打拼下大片江山、横刀立马的大将军；另一个却像是无以果腹，却兀自强撑着尊严的可怜人。

“老汪啊，你的事儿，公司、劳务局、包括法务部和保险公司，都给出了明确的判断。”章总手里拎着开会用的文件，语重心长地冲着那个瘸腿中年男人说道，“你说你找我有什么用？我就一财务，上边还有公司的领导呢！钱就这么给你拨下去，我饭碗还要不要了？不是我不想帮你，你去找领导，出账单发到财务科，我立刻把钱给你。”

章总的声音永远是这样的高亢，他仿佛是在做什么激昂慷慨的演讲，字句之间咄咄逼人，一手叉着腰，一手漫无目的地轻轻挥动，也似乎言之有物。话音刚落，不少职员已经窃窃私语起来，隐晦地朝着老汪指指点点。

老汪看起来很是落魄，却也是个要面子的人。众人的反应都落在他的眼里，很是难受，一抬头，正看见章总眼神里一闪而逝的得意与轻松。

“你们……你们忒不讲理！”瘸腿中年男人喉咙滑动了半天，也只在牙缝里挤出了这么一句话来，黝黑的脸庞，紧皱的眉头，显得有些气急败坏。

“不讲理？老汪，我现在就是在和你讲道理！”章总有点不耐烦地继续说道，“我不是说了吗？你这事儿，跟工伤挂不上边儿！你这属于个人操作失误，而且并不是在公司规定的工作时间内出的事儿！”

“我……我加班还加出错了？我怎么就不是工伤了？设备出了问题，算我个人操作失误？”瘸腿中年瞪着眼珠子，声音沙哑，“分公司一年就盈利几个亿，你们差打发我这点儿钱吗？我腿瘸了！拿不到钱，后半辈子我咋过？”

“怎么了？”朱迪走过来插了一句。

“还是要赔偿呗！”章总无奈地冲朱迪点了点头，单手叉着腰，“怎么说都说不明白，就咬上我了！你说，我是公司管钱的，可这钱不是我的啊，我能怎么办？”

老汪的事情，先前朱迪就已经听说，事情本身就不在朱迪的管辖范畴。况且公司已经下了定论，朱迪纵然心里同情老汪，却也无能为力。

“老汪啊，这事儿慢慢来，你好好跟章总说明情况，别着急上火。”朱迪拍了拍他的肩膀，随口劝了一句。

“他就不会好好说，这一天来八百趟，谁都不找，就找我！”章总的表情颇为无奈，他朝着老汪挥了挥手，“行了！你赶紧回去吧，我这儿还开会呢！”

朱迪没再说话，摇摇头，转身就要往办公室走。

可就在这个时候，老汪蹒跚着朝前挪了几步，伸手直接拽住了章总，表情执拗地说道：“章总！今天我必须拿到赔偿！”

章总直接甩开老汪的手掌说道：“老汪！咱俩以前是同事，你三番五次来找我，我也好茶好烟地招待，给足你面子了！但你要是想撒泼胡闹，那我只能喊保安了！”

“你们就欺负我是老实人！”老汪鼻孔喷着粗气，歪着脖子，指着章总说道，“姓章的，你也别在这儿装好人！你当我不知道啊！公司本都要给我定工伤了，就是因为你！你为了拍领导马屁，故意支的损招儿！还同事？呸！”

老汪扯着大嗓门一顿嘶吼，整个公司都安静了下来，众人鸦雀无声。

朱迪和几个分部门主管，全都扭头看了过来。老汪一番话，算是爆了一个猛料。

章总目光瞬间阴沉了下来：“老汪，说话可要讲究真凭实据！我知道你拿不到钱心里着急，可也不能往我身上泼脏水！我看你差不多得了，别不识好歹！”

“今天不给钱，说什么我也不走！”老汪死死攥着章总的胳膊。

“保安！”章总彻底失去了耐心，扭头直接冲着门外喊了一句。

不到十几秒，门外顿时冲进来四个穿着蓝色制服的保安。

“把他给我请出去！”章总指着老汪说道。

“先生，这是私人企业办公地点，您有什么事儿……”领头保安伸手就要过来抓老汪。

“滚！”

还没等保安到跟前，老汪左手直接奔着腰间的挎包摸去。

嘭！一声闷响，一把雪亮的菜刀直接砍在了前台桌子上。

屋内，所有人全部愣住。

“腿瘸了！老婆跑了！孩子才一岁半！”老汪嘴唇颤抖，面露悲戚地说，“姓章的，今天要是没有钱，我砍你多少刀，再砍自己多少刀，咱俩就看看，谁先倒在这儿！”

章总一愣过后，气急败坏地说道：“老汪你还真是长脾气了！拿着菜刀想吓唬谁呢？你是真不懂法是吧？”

唰！老汪拽起菜刀，紧赶两步，直接顶在章总脖子上咬牙说道：“以前懂，现在不懂了！”

刀架在脖子上，章总脸色一白，顿时就把嘴闭上了。

远处，朱迪一看见老汪动刀了，赶忙就迈步走了回来：“老汪，你冷静一点儿，有话好好说……”

“跟你们这群流氓，冷静有毛用？”老汪声音变得稳健，直接往前再次推了推菜刀，张嘴就喊道：“赔偿！我就要赔偿！马上！立刻！”

“先生，先生……你这么做没意义的。人伤了，你就麻烦了！”保安在一旁，精神紧张地劝说道。

“老汪，你冷静！冷静！”刀口越来越紧，章总也生怕老汪冲动，哆嗦着嘴唇开始说软话：“我都跟你说了，这事儿我没办法，你说你拿刀逼我干什么……”

“老汪……”朱迪还要再劝。

“朱总！这事儿跟你没关系，你别拦着！”老汪彻底被逼急了，抡着菜刀就冲着朱迪比画了一下，示意朱迪别过来。

朱迪万般无奈地退后一步，随即背过手，冲自己下属比画了一个打电话的手势。

……

大概不到十分钟，邻近派出所民警赶到，刚上楼就要进行劝说。而这时候朱迪为了稳定老汪情绪，已经让财务那边先拿出来二十万，准备交给他。

“你看，钱已经让财务科的人去准备了，你冷静，千万不要冲动，先把刀放下！”派出所的警员，拿着对讲机就要接近老汪。

“甭唬我！”老汪非常紧张地攥着菜刀，直接用左手拉开衣服拉链，张嘴吼道，“今天拿不到钱，我就没想着好好回去！都给我退后！退后！”

屋内所有人倒吸了一口凉气。

一排黄白相间的炸药，就缠在老汪腰间。

老汪一露出腰间的炸药，办公区的人瞬间都慌了。公司里的几个女孩子，全部尖叫着抱头蹲在了办公桌下面。

“老汪，你冷静一点儿！”朱迪吞咽着唾沫，一边小步往前走，一边摆手示意老汪别激动，“你这么干，解决不了问题！要是伤了人，你可就真拿不到钱了！听我一句，把刀放下，把炸药摘下来，我保证帮你去跟领导说情！”

“哼！出事儿了，你倒想着帮我说情了！”老汪拿刀逼着章总，继续咆哮道，“我不这么做，你们谁会管我？谁会管一个已经下了岗的瘸子？菜刀、炸药，这是你们逼我的！退后，你给我退后！”

朱迪一看老汪如此激动，近乎完全失去理智，也只能往后倒退了几步。

“拿钱！再拿二十万过来！就现在！”老汪再次吼道。

“去！去给他拿钱！”朱迪思考一下后，立即冲着身后的下属喊道。

“朱总……钱柜的钥匙在章总身上！”一位男性下属，吞咽着唾沫回应道。

“别想拖延时间！二十万还用不着他拿！”老汪瞪着眼珠子，扭头就咬住了领口搭出来的一根黄线，并且再次吼道，“就一分钟！我就给你们一分钟时间！再拖我，咱们一块死！”

“快去！”朱迪回头催促了一下下属。

“你们也是，退后，出去站着！”老汪扭头冲着民警呵斥。

“好……你别激动，我们退出去。”

大概过了不到两分钟，下属用方便袋装着二十万现金跑了回来。

“哗啦！”

老汪用左手解下腰间别着的帆布袋：“把钱装里面，快点！”

“好，好……”朱迪连连出声回应后，低头就将两袋钱装进了帆布袋里。

“公司的人都别跟着，民警去楼梯间！”老汪左手拎着帆布袋子，右手拿刀逼着章总脖子，一边往外面移动，一边冲着人群不停地喊道。

老汪挟持章总退出公司玻璃门，随即奔着电梯方向移动过去。而朱迪等人停顿了一下，直接迈步跟了出去。

电梯门口，老汪按了两下电梯下楼键，却发现没有反应，电梯已经被中控室关闭。

老汪红着眼珠子，拿刀逼着章总说道："往楼梯间走！"

"老汪，老汪，你冷静一点儿，你现在回头还有机会……啊！"

老汪脸色发狠，一刀砍在章总腿上，声音沙哑地吼道："要是没你在中间作梗，我能走到这一步吗？"

"老汪你疯了！"章总脸色煞白地捂着大腿上的伤口喊道。

说话间，二人退进楼梯间，随后向楼下的方向移动过去。而民警和朱迪一路跟在两人后面，楼梯间不停地回荡着章总的惨叫声。

大厦五层楼梯间内，老汪扯着章总，正准备加快步伐冲下去的时候，楼梯间下方位置突然传来了脚步声。

四名持着九五式自动步枪，身上穿着黑色作战服的武警特警，步伐迅速地卡死了楼梯间拐角处，从而封堵了老汪的去路。

同时，朱迪、民警等人也到了六楼的楼梯间门口，与武警特警一块将老汪和章总夹在了五楼半的窗户口处。

"楼下有人，是不是！"老汪的头发就像被雨浇过一样，完全被汗水浸湿。汗水顺着鬓角和侧脸，噼里啪啦地落在了水泥地上。

最前方的一名武警特警，手持死角线式摄像头，单膝跪地，用拐弯探头扫了一下老汪的位置后，直接冲着另外三名队员，比画出了一个两人掩护、一人强突的手势。

另外三名队员，立即点了点头，并且重新调整了一下端枪姿势。

"你们为什么不说话？说话！信不信我杀了他？说话啊！"老汪已经处于即将崩溃的边缘，颤抖着举起刀，似乎随时都可能落在章总身上。

"我们谈谈！"

领队的武警特警收了线式探头之后，准备在语言上分散老汪的注意力。

“没得谈，退后！”老汪扭头再次咬上了领口的黄线。

“你们快退啊！”章总声音中带着哭腔，两腿打着摆子，冲楼下大喊，“无论他提什么要求，你们都答应他！”

“踏踏！”

就在此刻，楼下传来轻微的脚步声。

“不许上来！”

老汪听到脚步声，以为武警特警是要冲上来，顿时拽住章总的衣领，朝着楼下大喊。

快被吓哭了的章总，这时也不知道哪儿来的勇气和力气，突然用后背顶开了老汪，扭头就要往楼上跑。

朱迪一愣过后，立即开门准备迎着章总过来。

“你给我去死！”

完全失去理智的老汪，一刀就砍在了章总后背上。而章总身体朝前踉跄了一下，不管不顾地继续往楼上跑。

章总的举动让众人措手不及，四个武警特警，此时只能选择强攻。

“砰，砰！”

两声枪响，楼梯间墙壁上顿时火花四溅。

“啊！”

老汪紧跟着章总奔着六楼冲来，完全失去理智的他，扭头就咬开了炸药的导火线！

朱迪来不及多想，迎着老汪狰狞的表情，朱迪直接伸脚朝老汪踹去。

“救命，救命！”

章总带着哭腔，冲上了六楼。

老汪与朱迪碰上，二人直接在六楼楼梯间的落地窗前撕扯了起来。朱迪低头就要将老汪身上的导火线拽断，老汪却顺手扯住朱迪的头发喊道："一起死！我让你们跟我一起死！"

砰！

武警特警此时追上了六楼，直接朝着老汪扣动了扳机。

轰——一声震天撼地的巨响，瞬间在六楼泛起。

六楼楼梯间附近，所有落地窗的玻璃集体被震碎，朱迪和老汪被巨大的惯性推着，在浓浓的烟尘中，与玻璃碎片一起，直奔楼下飞去。

轰——不到一秒，二次爆炸在大厦楼外爆发，黄红相间的爆破火焰，在阳光下显得分外夺目。

第三章 “死而复生”的一切

震耳欲聋的爆炸声从六楼楼梯间响起，滚滚黑烟瞬间从窗口喷出。

朱迪和老汪在浓烟中分开，随后向楼下坠去。但之前老汪被惯力推出，身体在半空画着弧线，飘飞得稍远一些，而朱迪则是顺着墙体往下掉落。

剧烈的疼痛仿佛要将朱迪整个人彻底撕裂、彻底破碎掉一般，蚀骨剜心，仿佛在受莫大的酷刑，好在这样难挨的感受，也只是很短暂的瞬间。

不到一秒钟之后，朱迪的身体砸在一楼咖啡店的雨搭上，随即瞬间穿透雨搭上的帆布，连带着在半空中翻滚了数下。

“嘭！——嘭！”

两声闷响，稍远处的老汪头朝下直接砸在街道上，伴随着巨大的冲击力，老汪的身体已经严重变形，口鼻蹿血，当场死亡。而紧随其后的朱迪仰着砸在了雨搭下方的咖啡桌上，实木的圆形桌体，直接被朱迪从中间砸裂，碎裂的木板、断裂的木条，都散落在朱迪身旁。

那炸弹像是在朱迪的脑子里炸响的一般，他横躺在原地，透过头顶雨搭上被自己砸出来的大洞，甚至还能够看到大厦六楼的窗户不住地往外冒着黑烟。

看着眼前发生的一切，听着耳边的各种惊呼声，朱迪仿佛连思维都停滞了一般，只是呆呆地看着天空，看着黑烟，眼眸眨都不眨一下，只有粗重的呼吸声音，表示他还艰难地活着。

“啊——”

咖啡厅里响起一阵尖叫。

服务员连同老板，在听到爆炸声音的瞬间都已经跑了出来，而后便看到朱迪从天而降，出现在他们的视线中。

愣神愣了有许久的时间，朱迪这才恢复了意识，似乎自己的灵魂重新找到身躯的掌控方式，晃了晃眩晕的脑袋，像是婴儿学步一样，在一片废墟中缓慢地坐起。

众人当场被吓得后退了一步。

朱迪剧烈地喘着粗气，目光呆滞地环视着周围的环境，随后抬手摸了摸自己的脑袋，检查身体受到了什么样的伤害。

高空坠楼，后脑又砸在了硬木上，不用说，一定是重伤。

可是朱迪反复检查了半天，却惊奇地发觉，自己除了从高空跌落短时间的剧烈痛感，以及因为炸弹在身旁炸响带来的轻微耳鸣之外，浑身上下，没有一点儿的外伤！

这……

自己命再大，也不应当是这样的结果。

“先……先生，你没事儿吧？”咖啡店的老板走上前来，小心地问了一句。

“我……没事儿……”

朱迪对着咖啡店的老板摆了摆手，这才抬起头，透过被砸穿的帆布雨搭，直接看向天空。还在冒着滚滚黑烟的是六楼，没错，是六楼。

炸弹就在自己面前炸的，滚烫的热浪直接把自己掀飞，从六楼掉下来。经历了这些，现在自己什么事儿都没有？

朱迪双目充斥着不可置信的表情，随后猛然站起，试着往前迈步走动！

从雨搭左侧走到右侧，再转身走回来，连续试了两遍，朱迪发现自己的身体竟然毫无伤痛，走路也没有丝毫的迟滞……

朱迪呆呆地站在原地，情不自禁地咽了口唾沫。

这一切到底是怎么了？朱迪有些无法相信，甚至反观自身，恍惚地觉得刚刚的剧烈痛感都像是自己的错觉一样。

“先生，您没事儿吧？”咖啡店的老板慢慢凑到朱迪的面前，再次问了一句。

“我也不知道……”朱迪愣怔在原地，漫不经心地回答。

“小张，快打电话叫救护车，报警！”咖啡店老板这才回头朝着店员喊了一声。

“老板，外面还有一个！”这时，服务员指着街道上已经一动不动的老汪说道。

听到这话，朱迪才反应过来，自己是和老汪一块儿掉下来的。随后他猛然转身，直接从咖啡店外的栏杆跳了出去，并且步伐迅速地赶到了老汪身边。

街道上，老汪的脸趴在慢慢扩散的血圈当中，身体一动不动。而朱迪看了一眼老汪已经被摔得变形的脑袋，脸色有些发白，不忍地转过头去。他忽地捂住嘴，跑到路边的绿化带，大口地吐了起来。

死人了，老汪就这样直挺挺地死在了自己的面前，先前的疑惑再度被翻出朱迪的心头。都是同样的经历，都是从六楼跌落，都被炸药波及到，为什么最后竟是截然不同的结果?

没有留给朱迪太多的时间疑惑。五分钟后，市公安局刑警队赶到，将案发现场封锁。

十分钟后，消防车、救护车，全部到场，街道上围观的人群一眼望不到尽头，咖啡店门口一片忙碌。

公安医院内，四周尽是匆忙的行人，医生、护士、病人，还有穿着公安制服的民警。朱迪一个人坐在走廊尽头的座椅上，拿着自己的体检报告，眼神始终茫然。

“这边！”

刑警队负责此案件的办案人招了招手，引着朱迪走进了病房，说道：“坐。”

朱迪目光呆愣地坐在了椅子上。

“你身体可以吗？”办案人拿着口供本，卷宗和案件相关资料就坐在了朱迪对面。

“可……可以！”朱迪结巴地回了一声。

办案人员看了朱迪一眼，现在的他不管怎样掩饰，都有一种惊慌失措的感觉。办案人员一笑，起身走向饮水机，回来的时候轻轻拍了拍朱迪的肩膀。

“正常询问，你放松就可以了！”办案人话语客气地说了一声，将手里的水杯递给朱迪。

“谢谢！”朱迪端着水杯，点头应了一声。

“犯罪嫌疑人汪正明你认识吗？”办案人铺开口供本，拧开钢笔，开始直奔主题。

“认识。”朱迪低头轻声回应道。

“那你知道他和你们公司之间的具体矛盾吗？”

办案人员一边记录着，一边抬头看了朱迪一眼。厚重的眼镜片后面，是一双深邃的眸子，像一个老到的猎人，不肯放弃眼中哪怕一丝一毫的线索，他在观察朱迪的反应。

“知道一点儿，他之前是我们公司的员工，前年因为公司要做一个商品展示会，所以他过去帮忙。但当天晚上发生了一点儿意外，展示台的铁架子倒了，他被砸在了下面，当场重伤，后来在医院还被评定为九级伤残。”

朱迪没有丝毫的隐瞒，这些事情本就在公司传开了，底下的职员也颇有微词，不是什么隐晦的事情，稍稍打听就能知道。

“那这事儿你们公司没有责任吗？”办案人再次抬头问道。

“公司有公司的规章制度！”朱迪这会儿已经冷静了下来，喝了口水继续说道，“他被砸伤的时候，不在正常工作时间内。因为当时已经下班了，老汪……就是汪正明，他是因为白天请了假，所以，想在晚上把活儿找补回来。并且他在操作设备上，被判定为个人失误……所以，这事儿就按照流程走了！”

“这事儿干得没啥人情味啊！”办案人摇了摇头，有些嘲讽地回了一句。

“呵呵……”

不好说什么，朱迪只能苦笑回应。

两人之间忽地处于片刻的沉默，只有办案人员的笔尖在纸上书写的沙沙声音。这样肃穆的环境里，朱迪忽然有些手足无措起来。好在这样的煎熬并没有持续太久的时间，办案人像做阅读理解一般，将自己先前写下的记录仔细扫过。

“汪正明和你本人有私仇吗？”

办案人拿着钢笔在纸上戳了好一会儿，突然对着朱迪问了一句。

“没有。”

这个问题多少让朱迪有些意外。

这些年漫长且枯燥的工作生活，朱迪乏善可陈的朋友关系，本身就可以说明一些什么。老汪的事情他也只是有所耳闻，但是两个人实在不熟悉。说起来这些年和他说过的话，还没有出事那天总共说的多。

“你确定没有吗？”办案人面无表情地再次问道，眼神之中已经有了些莫名的神色。

“没有，他又不是我们部门的，我和他平时接触得也很少，一年到头估计都说不出十句话。”朱迪仔细回忆了一下，随后非常肯定地说道，“而且后来他这个重伤赔偿的问题，也不归我管，想不出我俩能有什么矛盾来。”

办案人听到这话，只略微停顿一下后，就直接从资料内拿出了一沓放在指纹袋里的照片。

朱迪低头一看，直接愣住，因为照片上的人正是自己……

“这是从汪正明兜里翻出来的！”办案人指着照片说道，“很明显，案发之前，汪正明就在跟踪你，偷拍你！如果没有私仇，他为什么要这么干？”办案人疑惑地看着朱迪。

“我能看看吗？”朱迪也指着照片，试探着问道。

“戴上手套！”

“好！”

朱迪点头过后，先是戴上手套，随后从指纹袋里拿出了几十张照片。他仔细观看了每一张照片，上面也确实是自己最近几个月去过的地方。

几十张照片走马观花地看到了最后，刚准备拿起最后一张照片，朱迪的手一滑，照片没捏住，反扣着落在桌子上。

朱迪漫不经心地正要伸手去捡，目光扫过照片的背面，整个人却都僵在了那里，伸出的手也停留在了半空中。

照片的背面，写着一个人的名字——蒋怡！

“蒋怡……”

朱迪默默念着蒋怡的名字，目光有些复杂。

“如果你真的和汪正明没什么恩怨，那这个蒋怡你总该认识吧？”办案人继续追问。

朱迪顿了一会儿，直接摇头说道：“不认识！”

“不认识？”

办案人像是嗅到了什么线索的猎人，面对朱迪有些敷衍的说法，颇有些不愿意相信。他继续追问，鹰隼一样的眸子盯着朱迪的面部，观察他的表情。

“嗯，我对这个人名没有印象！”

这会儿的朱迪，反倒是坦然了起来，先前的迟疑连朱迪自己都说不出是为什么来，就像是一瞬间的悸动，如同条件反射一样的反应。仔细思索过后，朱迪确定自己对这个人名没有丝毫的印象。

但那一点悸动，出现的瞬间就扎根在他的心里，然后在朱迪注意不到的时候，忽然如同野草一样疯长。

直觉告诉他，他似乎忘记了什么重要的事情，和这个没有丝毫印象的女人有很大关系。

“朱迪同志，故意隐藏案件关键线索，是要负法律责任的。”办案人提醒了一句。

“我真的不知道！”朱迪的态度出奇地坚定，“我在大学期间辅修的就是法律，所以，我不会在这事儿上犯糊涂的。”

说完这句话之后，两个人陷入了良久的沉默，一时间气氛也变得凝重起来。

“可能是这个叫蒋怡的人雇佣老汪跟踪我？”朱迪试探着问道。

“我们发现这沓照片的时候，是在犯罪嫌疑人的左兜，用一个牛皮纸信封裹着，这说明犯罪嫌疑人很可能当时准备把这些照片邮寄，所以顺手在最后一张照片上写了个名字！”办案人直接说道，“如果你和犯罪嫌疑人本人没仇，那他很可能就是被雇佣跟踪你的！”

“跟踪我的事儿，和老汪绑着炸药去大厦有关联吗？”朱迪皱眉问道。

“应该没有关联！”办案人摇头回道，“摆在纸面上看，怎么都是两个事儿。犯罪嫌疑人汪正明决定最后一搏，冒险要钱，所以准备把已经拍好的照片发出去。但可能因为什么事儿耽误了，他没来得及。”

朱迪点了点头，算是默认了办案人的分析。

“但没调查清楚之前，这事儿我还得再找你！”办案人拿出一张表格，推到朱迪身前说道，“把自己的基本信息填了，电话随时保持畅通，规定时间内不能出国！”

“好。”朱迪伸手接过了表格。

填完基本信息之后，朱迪有些慌乱地离开了问询室，步伐迅速地冲进了卫生间内。

“啪！”

将卫生间的木板门反锁，朱迪仰面看着天花板，呼吸急促且浓重。

有一件事情，他很迫切地想要求证一下！

关于自己的身体。

天花板灯光通亮，朱迪额头冒着细密的汗珠，随后手掌有些颤抖地掀开了自己的袖口，然后慢慢地用手挽了起来。

自己的右小臂上光滑无比，每个汗毛孔都清晰可见！

“扑通！”

朱迪瞬间无力地坐在了马桶上，大脑一片混乱！

车祸之后，自己的右小臂上是有伤口的，这才过去了多久，伤口消失了！还有今天的经历，自己竟然毫发无伤！

这是怎么了？

能用一句幸运解释吗？

朱迪想说服自己，但自己这两天的所见所闻，却将一切辩驳得体无完肤！这根本就不科学……

坐在马桶上，朱迪沉默了好半天后，一边手指颤抖地点了根烟，一边扭头望去。

良久，朱迪这么沉默了良久，直到手里只抽了一口的香烟全都烧成了灰，烧灼着过滤嘴，烫到了朱迪的手指。

灼热的痛感让朱迪恍惚地清醒过来，他像是受了什么刺激一般。

“嘭！”

朱迪卸下来马桶盖子上方的硬塑料进水管，并且生生用手掰折，硬塑料的断口处形成了一个锋利的三角形状！

朱迪用硬塑料在衣服上狠狠划了一下，白衬衫顿时就被割出了一个口子。

“呼呼！”

朱迪嘴中吐出一股浓重的烟雾，随后左手持着硬塑料，扭头看向了右小臂。

“噗！”

朱迪一闭眼睛，直接用硬塑料狠狠划了一下右臂。

殷红的鲜血顺着胳膊，就这么滴在了瓷砖地面上。

朱迪睁开眼睛，死死地盯着胳膊上的伤口。

半小时后，朱迪大步流星地走出了公安医院，伸手拦车的时候，露出了依旧光滑的右小臂。

车上，朱迪蜷缩在座椅上，半倚着车窗，半开的车窗刮着清凉的风，吹动了朱迪的碎发。

“喂，是我，朱迪。”

朱迪坐在副驾驶，拿着电话打给了一个熟悉的朋友小刘。这个小刘家底殷实，常年混迹于各种峰会晚宴，颇有几分当代“名媛”的味道。

“小刘，上次在峰会上，你给我介绍的那个医科大学的教授，能把他电话再给我发一遍吗？”

“我有点事儿，想询问他一下。”

“哦，他有工作室是吧？”

“行，那你帮我打个招呼，我过去拜访他一下，可以吗？”

“他现在不在国内？什么时候能回来？”

“好，那好吧，回来之后你一定帮我联系一下，拜托了……嗯嗯，多谢！”

电话挂断，朱迪托着下巴，皱眉看向了窗外。

坐车的这一路上，朱迪脑中全被疑惑所笼罩，他开始仔细回忆自己这几日的遭遇，或者光怪陆离，或者充满不真实，仿佛宿醉的夜里，一场场荒诞得经不起推敲的梦境一般。而这些“梦境”的开端，则是那场突如其来的车祸。

这才是世间莫大的恐惧。

世间最悲哀的事情莫过于此，仿佛一朝醒来便是天地巨变。变了的不是朱迪的心，而是他所寄居的仍熟悉着的那个世界。

总有一个应该是错的。但是倚在车窗边上，看着外面一闪而逝的钢铁洪流，看着街边如同惊鸿一瞥的欢声笑语，朱迪却没有半分的底气，敢说那个错了的，是自己眼前的世界。

没由来地，他又开始怀疑自己，怀疑自己这段时间见鬼了一样的生活，怀疑今日里这些诡异的经历。哦，对了，还有着原本应该在科幻电影或者超级英雄故事里才会出现的“超能力”。

沉思了许久，朱迪拿出手机，连续搜索了很多关于撞车之后，身体机能是否会留下奇怪后遗症的问题。

有一个帖子，稍微引起了朱迪注意，标题是人在撞车之后，能否引起幻觉?

可当朱迪点开这个帖子之后，发现链接已经失效，网页根本无法打开。

关掉手机，朱迪有些烦躁地松了松衣领。

他之前认为可能是自己的脑子出了问题，但今天遭受到爆炸案之后，他就对这个想法有些动摇了……

从六楼的爆炸中掉下来都没死，这根本无法用幻觉来解释。因为即使是精神病，或者是幻想性精神障碍，也不可能完全进入到臆想当中……

带着无限的疑问，朱迪乘坐出租车回到了家里。

进入小区后，楼下保安门岗楼内有人喊道：“哎，小朱！”

“怎么了？”朱迪转身回头。

“你有个快递，我帮你收了！”中年保安在门岗内给朱迪递出了一个半人大小的盒子。

“谢谢！”朱迪勉强笑着应了一声，走上前接过了纸盒，出乎预料地，快递很轻，朱迪掂了掂，朝着保安笑了笑。

“没事儿，呵呵！”

“那我先走了！”

“好嘞！”

二人打了几声招呼，朱迪就接过快递盒子转身奔着家里走去。

路上的时候，朱迪粗略地看了一眼快递盒子，只见上面的快递单上没有填写任何发件人的信息，只留了一个电话号码。

朱迪拿着盒子扫了两眼后，单纯地以为是公司发过来的工作邮件，再加上这会儿朱迪的心思也不在这上面，就没有在意。

不到十分钟，朱迪乘坐电梯来到了家门口，随后掏出钥匙打开了防盗门。

“吱嘎！”

门开，朱迪刚要放下快递盒子，抬脚脱鞋，可目光往旁边一瞥，朱迪顿时吓得后退了一步。

屋内，客厅昏黄的灯光亮着，脚下一双女士的鞋子，正端端正正地摆在猩红的地毯上！

自己的家里，任何人都没有钥匙啊！

可……为什么会有人？

“谁……谁在屋里？”

朱迪站在门口，不敢迈进屋内一步，房间里，不仅灯光通亮，而且电视机内广告的声音异常清晰。

“当啷啷！”

厨房方向传来一阵金属碰撞的声音。

一个满头白发、面容慈祥的老太太从厨房里走出来，身上套着围裙，一边用抹布擦着手，一边走到客厅笑着说道：“回来啦！”

朱迪显得手足无措，他张了张嘴，想要说些什么，最后却只是愣怔地点了点头。

“你说说你这孩子！每回给你打电话，你都说自己生活没问题。你去看看那厨房，碗筷多久没刷了？”老太太擦着干瘪的手掌，白了朱迪一眼，“三十多岁的人了，什么时候能让我省点儿心？你那冰箱旁边全是泡面，天天吃这种东西能有好吗？”

朱迪盯着老太太，一言不发，垂下来的右手，却不住地颤抖。

“你还傻愣在门口干什么？赶紧进来吧，吃饭了！”老太太说话间就奔着门口走去，要给朱迪从柜里拿拖鞋。

朱迪看见老太太奔着自己走来，本能就想往后退一步。

可是朱迪双腿已经软了，这一动，直接一屁股坐在了地上。

“你这是怎么了？哪儿不舒服？”老太太愣了一下，伸手就要过去扶。

“不用，不用！”朱迪惊惧地摆手回道：“我自己起来！”

朱迪剧烈喘息了两声后，就扶着地面站了起来。

老太太皱着眉头，很是关切地问道：“怎么了？不舒服？要不要去医院看看？”

朱迪瞪着双眼，几乎把老太太脸上每一处细微的皱纹都看了一遍！

她的眼神、说话时的语气和习惯动作等，都让朱迪感觉到无比熟悉，并且没有一丝不对！

“你看什么呢？”老太太有些疑惑地看着朱迪。

“没……没什么……”

朱迪深深吸了一口气，随即有些结巴地问道：“妈……你……你怎么来了？”

“一个老姊妹生病，在这旁边儿住院呢。我去看完了她，寻思着有一阵子没见你了，就过来了！”朱迪母亲从鞋柜里拿出拖鞋后，叹息一声回应道，“你别嫌妈唠叨，可是你现在这样，真该找个女朋友，寻思寻思结婚的事儿了！”

朱迪再次扫了一眼母亲，随后故意躲着她踩上拖鞋，迈步走到屋内。

母亲抓住防盗门，就要关上。

“妈……开着吧，我昨天买了酒柜，屋……屋内有味儿！”朱迪额头冒汗地说了一声。

“你这孩子！买有甲醛的东西，你就应该在实体店寄存一段时间……”母亲语气担忧地嘱咐道。

朱迪迈步走进屋内，随后扫了一眼四周，双眼直接瞟向了偏厅，并且看见那里没有开灯，光线非常昏暗。

“衣服脱了吧！”母亲伸手就要帮朱迪把外套脱下来。

朱迪有些慌乱地一步躲开，随即摆手说道：“我自己来，您去端菜吧！”

“你去洗洗手，天天摆弄电脑，手上全是细菌！”母亲拍着手又嘱咐了一句，这才转身颤颤巍巍地奔着厨房走去。

看着老太太进了厨房，朱迪二话没说，直接走进自己的卧室，双眼直接扫到了柜子中央位置。

一幅黑白遗像，就立在书柜正中央的格子里，照片中一个老太太，面容慈祥和善，脸上还挂着浅淡的微笑！

朱迪看着照片，身上的汗毛瞬间炸立，皮肤泛起一层鸡皮疙瘩！

老太太不是别人，正是厨房内的母亲，可是她分明四年前就已经去世了，为什么又忽然出现在自己家里！

“你跑那儿干什么去了？来吃饭了！”母亲端着菜在客厅内喊道。

朱迪听到母亲的声音，猛然回头，随即咽了口唾沫后，动作迅速地将遗照摘下来，顺手放在了书柜下面的抽屉内。

“快点儿啊，一会儿菜凉了！”母亲再次喊了一声。

“我去洗个手！”

朱迪硬着头皮回了一句，随后迈步走进了卫生间，并且锁上了门！

两次了！

这已经是第二次了！

第一次在聚会的酒店，朱迪就看见了一个明明已经去世的张涛，竟然“死而复生”地和李伟走在一块儿！

今天，自己已经去世的母亲竟然也出现在了家中！

为什么会这样？

朱迪靠在卫生间的门板上，脑中泛起无数假想！

朱迪靠在门板上，想了许久，却想不出一个可以经得住推敲的答案。

“小迪，小迪？你干吗呢！”母亲在外面再次催促了一句。

“来……来了！”

朱迪嘴上答应着，推开了卫生间的房门。

当天晚上，朱迪只是象征性地吃了点饭后，就含糊其词地找了一个借口，回屋休息了。

说是休息，但整整一夜，朱迪翻来覆去，根本睡不着，只能将房门完全反锁，又将屋里所有的灯全部打开。

躺在床上的时候，朱迪心里想着，也许自己只是做了一个古怪的梦。没错，或许真的就是在梦里，可能自己一觉醒来，一切都会恢复如常。

可同样的，又有别样的念头在朱迪的脑海中浮现，那是曾经和母亲在一起的点点滴滴——那个温馨的家，那个总喜欢拉着自己的手絮絮叨叨说个不停的母亲，那个喜欢变着花样给自己烧菜吃的母亲。

要是……要是这一切是真的，那该多好！

当初母亲去世，自己在墓前号啕大哭。自那之后，不知多少次午夜梦回，朱迪都幻想过，如果母亲能够重新活过来，该有多好，那些曾经让自己懊悔不已的事情，是不是就可以弥补？老人家一辈子含辛茹苦，自己终于出人头地，是不是可以让她过上几年好日子？

如果能这样继续下去，似乎……也是一件好事吧……

回忆就是这样的，即使是那些充满深情厚爱的回忆也概莫能外，好像脑子里有一种无意识的愈合过程，尽管我们曾痛下决心永勿忘，但它依旧能使创伤愈合。

怀着极其复杂的心态，既悲伤，又带有一丝释怀，朱迪在凌晨之后，昏昏睡去。

而后一整个晚上，朱迪反反复复地从睡梦中醒来。他躺在床上，哪怕是醒了，也是一动不动地看着紧闭的房门，看向母亲房间的方向。他总觉得隔着木门，隔着钢筋混凝土，母亲那慈祥的眼神依旧在看着自己，如同自己记忆之中的千万次注视一样的慈祥，一样的亲切，一样的和蔼。

可也正是这样的慈祥目光，让朱迪辗转反侧，彻夜难眠。

第二天一早，当闹钟响起之后，朱迪迷迷糊糊地睁开眼睛，随即走到窗口拉开了窗帘。

外面阳光明媚，晴空万里！

朱迪拉开窗户，深深呼吸了一口新鲜空气，让身体舒爽了几分。

站在窗口停留了一会儿后，朱迪洗了把脸，这才推开房门，走到客厅。

他连续扫了几眼四周，完全没有看见母亲的身影。就在朱迪心里刚刚松了一口气的时候，一转眼，却又看见餐桌上已经摆好了早餐，并且牛奶杯子下面还放着一张纸条。

“我去看一下朋友，早餐已经做好了，你记得用微波炉热一下，我晚上回来。”

朱迪拿起纸条，看着上面一半熟悉一半陌生的字迹，最后只是长长地吐了口气。

至亲之人，离世数年之后，又以这种诡谲的方式重新出现在自己的面前，朱迪的心中固然有着不安，固然有着惊惧，但这个人终归是自己日夜思念的母亲。

或许，这样的日子，维持下去，真的也不错。

“喂，小刘，那个医科大学的教授还没回来吗？”吃完早饭出门之后，朱迪第一时间就拿起手机打起了电话。

“迪哥！你昨晚上刚给我打过电话说这事儿。”小刘语气中透露着几分不耐烦，“人家一教授哪有可能这么快就从国外回来，要不然我早就联系你了！”

“你能不能催催他？”朱迪硬着头皮追问。

“这……这我怎么催啊！我可没这么大面子。不过话说回来，你这么着急，到底怎么了？”

“没什么。”朱迪顿了顿，皱着眉头说道，“他回来，你一定第一时间给我打电话！”

“好……好！”

又寒暄了几句闲谈，二人才挂断电话。

三天后，小刘终于再次打来电话，说那位医科大学的教授已经回国了。

市郊某处，一座楼层不高的大厦内，朱迪有些拘谨地跟在女助理身后，踩在考究的地毯上前行。

女助理大概三十出头，戴着厚重的黑框眼镜，不施粉黛，有着一股自气质上散发出来的干练和凌厉。

“金教授刚刚回国，最近身体状况不是特别理想。”女助理翻了翻手中的文档表，话语简洁地冲朱迪嘱咐道：“一会儿你有二十分钟的时间，所以，有什么问题，尽量简单明了地说清楚！”

“好的，我一定注意。”

拜访的是德高望重的老教授，这点尊重，本就是应有之义。

几分钟后，朱迪和女助理来到了金教授的私人会客室。

进门之后，朱迪下意识地打量了一下四周陈设。

屋内装修以中国风为主，各种家具摆放较为简洁，木质的茶几、木椅、酒柜等物品，看着古色古香很有意境。值得一提的是，屋内四面墙壁，有三面都是摆放着直达棚顶的书架，上面塞满了各种书籍，并且都用明显的标签进行了分类。

看了几眼之后，朱迪的眉头却轻轻皱起，他忽然有一种奇怪的感觉，这明明是他第一次来到教授家拜访，看着四周的环境，他却有了一种异常熟悉的感觉。

仿佛……梦里来过一样。

第四章　表象里的谜团

会客室。

“你等一下！”女助理面无表情地冲着朱迪说道，“教授在阳台花草间，我去喊他。”

“嗯。”

话音刚落，女助理迈步就奔向阳台。朱迪顺着她走的方向看去，窗外的大玻璃房内，一位白发苍苍的老头儿，正穿着蓝色工作服，拿着水枪，拾掇着面前的花花草草。

老教授看起来年纪很大了，一头白发找不出半点儿黑色，但是却显得精神矍铄。只是第一眼，就让朱迪想到了父亲的同事——张教授，同样的年纪，同样的白发。有时候朱迪也在想，这些学者到了晚年，真的远比寻常人状态更佳。

老者透过厚重的眼镜片，仔细地侍弄着眼前的花草，表情肃穆且认真，仿佛是在研究什么重大的医学课题一样。

说起来，他不像奔波海外的医学教授，反倒更像是一个退休闲淡的老大爷。

女助理推开玻璃房的门，轻声喊了一句：“教授，您的客人来了！”

“哦……好！”老头弯腰放下水枪，一边脱着外套，一边说道，“给他倒茶！”

女助理应声走出了玻璃房，然后朝着朱迪走来，也不言语，轻轻地挥了挥手，示意朱迪跟她走。

迷宫一样的工作室，朱迪跟着转了好一会儿，才走进了教授的会客室。

十几分钟后，金教授换了一套干净整洁的唐装，随即一边擦手，一边迈步从里屋走了出来。

“您好，金教授！”朱迪站起身，客气地打了声招呼。

“小刘的朋友吧？”金教授扫了朱迪一眼，随即轻微点了点头后，摆手说道，“坐吧！”

“打扰您了！”朱迪再次坐在红木沙发上。

“小刘曾经帮我拉过一笔科研款，我欠他个人情！”金教授放下手绢，步伐缓慢地坐在椅子上，端起茶杯说道，“你有什么问题就说吧，我尽量帮忙！”

朱迪顿了顿，似是在考虑怎么将这么匪夷所思的事情说出来。

“是这样的，金教授。我前段时间出过一场车祸，头部遭受过撞击。本来经过治疗已无大碍，可是出院之后，我身上却发生了很多匪夷所思的事情！”

“嗯！”

金教授喝着茶，只轻哼了一声，表示自己在听。

“第一次是发生在我朋友身上。在我记忆之中，我那位朋友原本已经离婚了！可是，当我车祸住院后，却发现他们根本没有丝毫离婚的迹象！”

金教授抬头瞄了一眼朱迪，眉头轻皱了一下。

“后来我出院了，那位朋友要给我举办一个宴会，就是想冲冲喜，热闹热闹。但等我去的时候，却发现我一个已经去世多年的老同学，活生生地出现在我眼前！”

金教授听到这里，已经目光非常不善地看着朱迪，想要开口说话。

“金教授，也许您认为我精神出现了问题，但您先听我把话说完好吗？”

“你继续说！”金教授再度端起了刚刚放下的茶杯回应道。

“后来没过多久，我去公司上班，偶遇了一个突发事件。我不小心从六楼摔了下来……可是除了撞坏了雨搭和几张桌子，我却什么事儿都没有！”朱迪眉头皱了个疙瘩，继续说道，“回家之后，我去世的母亲正在给我做饭，而她的遗照，就端端正正地摆在我卧室的书柜里……”

金教授少有的最后一点耐心彻底因为朱迪这句话消磨干净，心中甚至升起一丝对小刘的埋怨来。

“朱先生，我主修的是脑科和心理学！”金教授直接摆手打断道，“精神类的疾病，我虽然也有研究，但真的谈不上什么学有所成！我看，你还是寻求一下别人的帮助吧……”

“金教授，我真的不是精神病，哦，不……我确实可能存在一些精神问题……哎呀，也不是，我就是……”朱迪急得有点语无伦次。

“我真的帮不了你什么。”说话间，金教授站起身来。

朱迪跟着站起，情急之下伸手拿起了桌子上果盘里的水果刀。

“你要干什么！”金教授变了脸色。

朱迪咬了咬牙，二话没说就撸起袖子，直接用水果刀锋利的刀刃，在左胳膊上迅速划了一下。鲜血顿时顺着朱迪的胳膊流了下来。

“你！”金教授目光惊愕地看着朱迪，指着他骂道，“你病得确实很严重！应该马上去精神病院！”

“金教授，你看我胳膊。”反倒是朱迪冷静了下来。

“我还看什么看！这里不欢迎你，你快走！”

“您好好看看，我胳膊上的伤口。”朱迪指着自己的胳膊，铿锵有力地说道。

“你不要再胡搅蛮缠……”

话还没有说完，金教授就愣在了那里，因为他看见朱迪胳膊上的鲜血流速正以肉眼可见的速度减慢。而那处伤口往外翻着的皮肉，也正在迅速闭合着。

“金教授？”伤口已经完好，朱迪一边整理着袖口，一边开口问道。

“你坐下！”金教授再次摆了摆手。

咣当！

就在这时，听到先前金教授大喊的女助理带着两个保安，从门外走了进来，随即看着屋内的景象顿时一愣。

“教授，您……”女助理不解地看向坐在沙发上的二人，问了半句话。

金教授摆了摆手：“下午的研究活动帮我取消了，我不喊你，就不用进来了。”

“好的，教授。”

女助理看了一眼地上鲜明的血迹，虽然眼神有点奇怪，但还是礼貌地应了一声，随后关门走了出去。

屋内，只剩下金教授和朱迪二人。

“朱迪是吧？”

“对！”

“你跟我详细说一下，你车祸之后，遇到的各种违背常规的事情！”金教授的态度明显转变，说话间便走到办公桌旁边，先是戴上眼镜，随后又拿了纸和笔重新坐下。

“好！”

朱迪点点头，将思路一一整理，非常详细地将这段时间发生的诡异事件，对金教授进行叙述。

时间一分一秒地过去，金教授自始至终都全神贯注地听着，并且不时用笔记录。

大约两小时后，朱迪已将前后因果交代清楚。而金教授眉头轻皱，低头看了一眼记录本，突然问道：“你说……你已经死了的母亲和朋友，突然离奇地出现在你面前，并且和你有过近距离接触，对吗？”

“对！”朱迪毫不犹豫地点了点头。

“你母亲什么时间去世的？什么原因？什么地点？你详细说一下。”金教授连续发问。

“我母亲死于火灾，地点是在老家，事发时间是四年以前……”

“那你朋友呢？”金教授继续追问。

“他大约是我刚毕业不久……”朱迪略作迟疑，最后还是回忆了起来。

金教授听了朱迪的话后，就再次在笔记本上记录了一下，随即面无表情地问道：“你仔细回忆一下，这次你再见到他们，时隔这么多年，他们是否发生了变化？比如，他们穿着的服装，你是否曾经见过？再比如，他们的容貌是否发生了变化？”

朱迪听到这话后，仔细回想了一下，随即愣住。

漫长的沉默过后，金教授再度开口：“你想好了吗？”

朱迪扫了金教授一眼，点点头，又摇摇头，自始至终都沉默不语。

“我来告诉你答案！”金教授拿着记录本，用非常肯定的语气说道，“这次你再见到他们，他们的容貌与死亡之前，你脑中记下的，绝对没有任何改变！还有，他们这次出现穿着的外套、裤子、鞋，甚至手表、项链等物品，也是你曾经在他们活着的时候见过的！甚至，他们的行为举止，体态表情，都是你非常熟悉的！对吗？”

“对。”朱迪的头低垂着，有些焦躁地来回搓着手掌。

“为什么？”

朱迪没有吭声。

“你这是臆想！因为他们的行为举止、音容笑貌，都是在他们死亡之前，你脑海中记下的！这是记忆，不是他们真活了，明白吗？”金教授冷静地说出了自己的推断。

“不对！”

朱迪思忖良久之后，果断地摇了摇头。

“哪儿不对？”

“我的经历没有发生在你身上！”朱迪连连摇头，语气坚定地回应道，“他们是真的活生生出现在我眼前！确实，他们的容貌和服装，我都有印象！但是他们说的话和与我接触时所表现出来的东西，绝对不是臆想！”

“小朱，你应该也是受过高等教育的。你应该明白，我们面对问题，需要用现代科学知识，来解释一些奇怪现象！人死了是不可能复生的……”金教授眉头轻皱地说。

“那我从六楼跳下来为什么没事儿？”朱迪脸色认真地问道，“伤口迅速闭合，这又怎么解释？”

“这说明车祸可能对你身体造成了一定程度的后遗症，你也可以理解成体内某种机能的病变，导致你的恢复速度很可能是常人的数倍。背后的原因可能是某一种再造细胞突然发生剧烈增长……但这并不意味着，它和你的臆想有关。当然，这也只是我粗略的判断，这种情况可能发生，但是在你身上依旧无法确定，没有长时间的临床检查，以及高精密医学仪器的检测，我也无法空口直接做出准确判断，这需要系统地检查一下！”金教授思考了一下回应道，“这样吧，我有一个学生，也是中国医科大学的讲师，他在脑科领域颇有建树。一会儿，我给他打个电话，你过去做一下全面的检查！”

“好吧，麻烦您了，金教授！”朱迪有些拘谨地点了点头。

“你之前说的这些，我还要仔细看一下！”金教授扫着记录本说道，“等检查结果出来，我们找时间再见一下！”

“那费用……”朱迪想了一下后，礼貌地问道。

“呵呵！”金教授笑着摆了摆手说道，“要是付费的话，你吸引不了我！这个案例很特别，钱的事儿以后再说！一会儿你过去，把检查的费用付了就行！”

“这不太好吧！”

“没什么不好的，我现在只做学术研究！你去吧！”

“那谢谢金教授。”

十几分钟后，朱迪跟着女助理离开了金教授的私人办公地点，随后按照地址就去了他的学生那里。

晚上，七点多钟。

朱迪站在医科大附属医院的某办公室门口，手里拿着一沓检验单，正在聚精会神地看着。

“吱嘎！”

办公室房门被推开，金教授的中年学生，穿着便装走出来问道：“检查得怎么样了？”

“差不多了。”朱迪抬头应道。

“有些检查结果，要一周后才能出来，包括脑部的可能更慢一点儿！”

“嗯，我知道的！”朱迪点了点头。

“那我先下班，有事儿电话沟通！”

“好的，麻烦您了！”

“没事儿，走了！”

说到这里，二人在办公室门口分开。

……

工作室内，金教授坐在电脑旁边，一边喝着茶水，一边聚精会神地看着电脑上的一些资料，甚至连屋内的电灯都忘了开。

电脑屏幕上，金教授用某搜索引擎输入了一个详细地名，并且在后面还配上了火灾二字。

“啪！”

金教授用鼠标点了一下搜索，随即就出现了一大堆匹配结果。金教授点开了某市的消防网，并且看见了想找的信息。

“新城小区，F栋三单元于××年……发生火灾，致一人死亡……”金教授皱眉读了一下简短的信息，随后低头对照记录本后发现，此信息与朱迪提供的母亲火灾死亡的信息一模一样。

时间、地点，丝毫不差！

“确实是死了，都能对得上！”金教授端起已经凉了的茶杯，轻声呢喃了一句。

……

朱迪在医院检查完之后，就乘坐出租车回到了家里。但他刚用钥匙打开家门后，就发现屋内烟尘滚滚，扑面而来。

“妈！”

朱迪大吼一声冲进屋内，扭头一看，只见厨房里有火光闪现。

朱迪迅速扫了一眼四周后，伸手就从沙发上捡起一件外套，随即迈步奔着厨房冲去。

人到厨房内后，朱迪一边用衣服抽打着左侧橱柜内蹿出的火苗，一边高声喊道：“妈，妈……你在哪儿呢！”

接连喊了几声后，厨房内并没有回应。朱迪随即冒着火光再往里面走，这才看见自己母亲已经被烟熏倒在了地上。

朱迪二话没说，直接扔了衣服，随即伸手拽起母亲的身体，并且抱在了怀里。

门口处火越烧越大，滚烫的热浪扑面而来。朱迪调整了一下身体后，双手稳稳托住母亲，弯腰就往外冲。

“怎么了？”

“这么多烟，好像着火了？”

“屋里有人吗？”

家门口处，住在隔壁的两家邻居在屋里闻到烟味儿，全部都走出来帮忙。

“张大哥！”朱迪胸口剧烈起伏，随即张嘴问道，“车能给我用一下吗？我妈需要去医院！”

“好，好，没问题，我去拿钥匙！”一位男性邻居毫不犹豫地就答应了。

“屋里烧得严重吗？”旁边有人问道。

“就厨房着了！”朱迪只顾着照看昏迷过去的母亲，头也没回地应了一声。

“楼梯间消防柜里有灭火器！”

“走，拿着进屋看看，看能不能把火灭了！”

“……给消防打个电话。”

热心的邻居们商量了一下后，就奔着楼梯间跑去。而朱迪则是根本没管家里，抱着母亲与回屋拿车钥匙的那个邻居，直接往楼下奔去。

五分钟后。

几个邻居拿着灭火器，就将朱迪家厨房的火灾扑灭了。随后众人在厨房一看，发现是朱迪的母亲用完电子点火器后忘了关闭。

没多一会儿，出火警的消防人员也赶到了现场，火已经被灭了，消防人员依旧在认真地记录和询问。

……

医院内。朱迪心急如焚地在急诊室门口来回踱步，等待着母亲的消息，并且思维也陷入到了诡异的回忆当中。

厨房内的火灾？！

只困住母亲一人？！

这两件事儿合在一块后，不禁让朱迪想起记忆中母亲去世的原因！

一切仿佛是一个可怕的轮回。

为什么同样的事情，又再次发生在了母亲的身上？

朱迪百思不得其解！

“叮！”

就在朱迪陷入回忆当中时，急诊室上方的红灯变成了绿灯，没过几秒钟，主治医师就从门内走了出来。

“医生，我母亲怎么样了？”朱迪立即向前迈步问道。

“患者家属吧？患者吸入大量烟尘，导致大脑缺氧，所以才昏迷的！”主治医师摘下口罩说道，“刚刚检查了一下病人身体，幸亏发现得及时，只有少数几处灼伤需要处理，不是很严重！”

“没什么大事儿？”朱迪松了口气后问道。

“目前没有，但需要观察一下！”主治医生解释了一句后，皱眉冲朱迪说道，“病人年纪这么大了，你们作为子女应该用心照顾，不要等到事情发生了，才知道着急！”

“您说得对。”

“行了，等患者出了重症监护室之后，你再过去照顾吧！”医生嘱咐了一句。

“好，好！”朱迪连连点头。

在得知母亲没什么大事儿之后，朱迪这才想起来给邻居打个电话。电话接通后，朱迪询问了一下自己家里的情况，而邻居也是如实告诉他，火已经灭了，但出警的消防队员，让他明天去消防队里，做一个笔录。

朱迪连续冲邻居道谢之后，就在医院继续等待着。

凌晨三点钟左右，母亲醒了后，就被护士推出了重症监护室，随即转入普通病房。

“注意事项你都记住了吗？！”护士冲朱迪问了一句。

“记住了！”

“嗯，让病人早点休息吧！”护士点了点头后，关门离去。

病房内，只剩下母子二人。

“妈，好点儿没有啊？”

朱迪坐在病床边上，双眼看着母亲，眼神中少了之前的恐惧，多了无限关心和愧疚之情。

“妈是真老了……啥都干不了……进屋接电话……连点火器没关都不知道！”母亲躺在病床上，虚弱的声音中带着自责地说道，“让你操心了……”

“别说了，妈。”朱迪嘴角抽动，眼圈发红。

“晚上还没吃饭吧？”母亲抬起干瘪的手掌，抚摩着朱迪的额头问道。

“我不太饿。”

“我没事儿了……你去吃一点儿吧！”

“妈。”

朱迪坐在床边低头沉默半晌之后，伸手抓住了母亲的手掌，随即郑重地开口：“我一直有一个问题，特别想问您。”

“什么问题？”

朱迪看着母亲，又犹豫了片刻：“在您记忆里，这样的火灾就发生过一次吗？”

母亲被问得一愣。

过了这么久的时间，朱迪终于忍不住要询问，记忆之中导致母亲去世的那场火灾的情况。

“您仔细回忆一下，这样的火灾……您是否还有印象？”朱迪再次问了一声。

“这样的火灾……”母亲看着朱迪，眼神陷入到了回忆当中，“我好像……”

“好像什么？”

“好像……”

母亲皱着眉头，双眼看向了天花板。

朱迪攥着母亲的手掌，精神紧绷着静等答案！

“我有点儿记得。”

母亲的话还没等说完，朱迪突然眼前白光一闪，随即头晕目眩。

“小迪，小迪！”母亲的呼喊声传到了朱迪的耳朵里。

扑通！

朱迪趴在床上，意识逐渐模糊，直至彻底晕了过去……

第二日，清早。

朱迪在迷迷糊糊中皱紧了眉头，从一阵刺痛中苏醒过来。

空荡荡的病房里，只有朱迪一人穿着病号服，躺在床上。

朱迪担心同样住院的母亲，也顾不上自己身体的刺痛感，就准备下床去母亲的病房看看。

而他的心情，随着昨日的经历不断被回忆起来，也变得越来越复杂！

这已经不是第一次了！

为什么每次自己刚刚要接触到某些真相，就会这样没有缘由地直接晕倒呢？

朱迪想了许久之后，实在解释不通，所以他本能地想到了金教授。

躺在床上愣了一会儿神，朱迪就穿着病号服从床上走下来，一边往母亲的病房走，一边拿着手机拨打了金教授的号码。

但是他拨打了三遍，对方都是无法接通的状态。

“算了，见面再问吧！”

朱迪长叹一声后，就收了手机，迈步走进了母亲病房。

“儿子，你好点儿了吗？”

“我没事儿，就是太累了！”朱迪语气含糊着解释了一下。

“……我都跟你说了，你在工作上要劳逸结合，不能整天熬夜不睡觉，刚才我问医生，他说你可能有些大脑供血不足。你才多大啊，就有这问题！”母亲心疼地看着朱迪，一边暖人心地絮叨着，一边就要翻身从床上坐起。

“您坐着吧，我这儿没事儿，就是这段时间……压力……太大了！”朱迪赶紧过去搀扶了一下，“我的身体，我心里有数。您放心吧，以后我会注意的！”

“我说两句你就嫌烦！”

“呵呵！”朱迪咧嘴一笑。

“下午给我办出院吧，这儿一天的费用太贵了！”母亲降低声音，冲朱迪商量着说道。

“不行！您必须再住院观察一下。经济问题，您不用考虑，钱挣来就是花的！”朱迪毫不犹豫地拒绝道，“您也是知识分子，懂得不把小病养成大病的道理！”

“唉……好吧！”母亲只能不太情愿地应了一声。

早上，母子二人在病房内吃了早餐后，朱迪就请了假，去了消防队做笔录。

一直折腾到中午，朱迪这才有空返回自己家里，并且喊了保洁来，准备收拾一下火灾现场。

“就把厨房收拾一下就行。”朱迪站在客厅内，指挥着两个保洁说道，“烧焦的全部都扔了！”

话音刚落，两个保洁在厨房内开始忙碌了起来。而朱迪的目光却落到了门口处，储物柜的最边上摆放着一个快递邮件。

这是几天前他回家时，在楼下保安亭里接到的。

“吸尘器在门口呢，你们什么时候用，就自己过来拿！”朱迪回头冲屋内保洁喊了一声。

“好的！”

交代完之后，朱迪拿着快递盒子就回到了偏厅内，随即打开了快递盒子。但他看见盒子里的物品后，瞬间愣住了。

一个毛茸茸的玩具熊，躺在盒子里，面带微笑。但怪异的是这个玩具熊的大嘴，被女性唇膏涂抹得异常猩红，看着非常瘆人，像是被抹了血一般。

朱迪看见玩具熊之后，顿时皱了皱眉头，并且第一时间认为，这是公司哪个跟他关系不太好的人，故意搞的恶作剧。

朱迪拿着盒子就准备将它扔进垃圾桶。

“哗啦！”

盒子掉在地上后，玩具熊遭受撞击，随后突然发出声音：“么么哒，么么哒……”

朱迪转身看向了玩具熊，弯下腰，伸手就奔着垃圾袋内抓去。但他不是要捡那个眼睛冒着光、还说着话的玩具熊，而是奔着玩具熊下方的一张贺卡摸去。

朱迪站起身，皱眉打量了一下手里的贺卡，上面只写着一行小字：

“千万不要接近蒋怡！”

朱迪看到贺卡上的留言之后，顿时有些发愣，因为他心里瞬间想到了前几日的公司爆炸案！

老汪从楼上掉下来摔死后，警察曾经在其身上翻找出一沓照片。照片的背面，就写着这个名字。

——蒋怡。

这个蒋怡究竟是谁呢？！

第五章　混乱里渐行渐远

朱迪在看见纸条上的字之后，就一直在脑海中搜索蒋怡这个人名，想寻找她和自己的关系。但无奈的是，朱迪回忆了许久，也没想起来这个人是谁，他的脑海中完全没有对应这个名字的记忆。

随着心中的谜团越来越多，朱迪觉得自己光凭大脑很难捋清楚事情的因果关系。所以，他回到书房，特意用笔记录了一下这段时间发生的诡异事件，并且准备下次与金教授见面时，拿出来探讨。

第二日，朱迪去医院给母亲办理出院手续，看着母亲气色恢复了一些，心里也就踏实了几分。随即他提议带母亲去一家粤菜馆吃个晚饭，但母亲却张嘴拒绝道："今日周六，咱们一块儿去精神病院看看你爸吧！"

朱迪听到这话后，满脸惊愕。

自己父亲在精神病院？不是在科研室吗？本来先前就和张叔约好了的，最近去看望他们。谁知道车祸之后遇到这么多事情，一来二去，反而将先前的约定忘记了。

结果没想到从母亲嘴里得到了这样的消息！

这怎么可能!

朱迪实在是想不通，为什么在自己车祸以前还非常健康的父亲，此刻会在精神病院里。

“儿子，怎么了？”母亲看见朱迪呆愣，随后皱眉问道。

“没，没什么。”朱迪有些结巴地回了一句，而他心中惊愕的情绪，根本无法平复。

母亲和同学的突然复活，虽然目前朱迪在心里无法解释，但他也只能接受眼前的现实，并且慢慢寻找原因。可到目前为止，他心里都一直坚定地认为，他自从车祸过后，身边发生的诡异事件，除了李伟和老婆的关系有改变之外，其他的都是在已经逝去的人身上。而自己身边的人和事儿，却改变得很少。

公司内部的人力部署，同事关系，周围朋友的状况，甚至就连朱迪自己手头的工作，都没有任何变化!

但朱迪万万没想到，车祸对自己的影响，远没有自己推理的那么简单。而……他身边的一切，似乎都被莫名其妙地打乱了!

“你要是累了，咱们就别去了！”母亲看朱迪有点愣神，随后关心地说道，“下周去也一样，走吧，妈回家给你做饭吧！”

“不用……我……我没事儿的！”朱迪回过神来，扭头说了一句，“还是去吧，我也想……去看看他！”

“行，那走吧！”母亲点了点头后，就步伐缓慢地扶着朱迪胳膊往街边走。

“妈，我爸今年在医院的费用交了吗？快到期了吧？”

“你什么脑子啊！他交费得年底呢！”

“啊，我忘了……”

一路上，朱迪都在套着母亲的话。他想知道父亲什么时间住进精神病院的，但这话又不能直接问。因为他害怕再次接近真相的时候，又会莫名其妙地晕倒，所以，他只好采取这种办法。

但朱迪询问的角度依旧很委婉、很绕，因为他也不清楚，这个“真相”的界限到底在哪儿。

抵达精神病院的时候，朱迪大概知道了父亲是在一年之前入的院。而平时来看父亲的就只有母亲一人，平均两三周一次，有的时候可能会更长一些。

母子二人进了精神病院，而朱迪则是仔细地打量着精神病院内的环境和陈设。

破旧得几乎已经全部生锈的大铁门，四周斑驳并且开始剥落的墙皮，远处宽阔的草地上，不时有佝偻着背独自散步的老人，还有时而穿梭其中的端茶递水的护工。

楼房不高，隐约的一角已经挂满了青藤。说起来，不像是太高端的精神病院。但四周勤恳的护工、热情的言语、不时传来的些许欢声笑语，至少让这个想象中冰冷的地方，多少有了些人气。

当他看见周遭景象之后，心里突然又泛起一种熟悉感，他觉得自己似乎曾经来过这儿……

办公楼里的走廊内，人群嘈杂，有不少双休日过来探望家人的亲属，也有不少精神病院的工作人员，和那些从病号楼里被领出来的精神病人。

朱迪一边跟着母亲往前走，一边扭头看着形形色色的路人。随即他突然发现，自己不光对周围的环境有一种熟悉感，并且对周围的人也有这种感觉。但就是记不起来，自己什么时候与这帮人见过。

“小琴啊，我又来麻烦您了！”

就在朱迪陷入思考当中时，母亲突然冲着一个精神病院的护士打了声招呼。护士远远的身影一顿，便朝着母亲小跑着过来了。

“大娘您过来啦！”护士回头看了朱母一眼，随即笑着说道，“有两周没看见您了！”

“嗯，最近身体不太好。”母亲笑着说道，“麻烦你，帮我办理一下探视手续！”

“好的，没问题！”护士应了一声。

朱迪站在母亲身后，双眼打量着低头拿探视手续的护士，突然没忍住问了一句：“你还认识我吗？”

护士听到这话顿时一愣，随即笑着说道：“你平时不是不爱说话吗？今天怎么跟我贫起来了？今儿休假啊？”护士一边低头写着，一边随口问道。

“嗯。”朱迪应了一声后，就没再吭声。

不到两分钟，护士办理好探视手续，随即笑着冲朱母说道：“您在接见室等一下，我去领朱大爷过来！”

“好，好，麻烦了！”朱母笑着点头。

“妈，您慢点儿！”朱迪抬头扫了一眼接见室的牌子，随即就步伐缓慢地扶着母亲，拎着东西走了过去。

十几分钟后，母子二人坐在接见室屋内，正在小声交谈时，护士从门外步伐很快地走了进来。

“大娘，我刚才去病房楼接朱大爷，但病房那边告诉我说，朱大爷已经被接出医院了！”护士俏脸红润，语气略带一些喘息地说了一句。

“接走了？谁接走了！”朱迪噌地一下站起后，皱眉问了一句。

“是一个叫蒋怡的女人。”

蒋怡，又是蒋怡！

朱迪的眉毛紧紧地皱在了一起，这个女人到底是谁？！

“小迪啊，这个蒋怡你认不认识？她到底是谁啊？我从来都没听你提起过，是你朋友吗？怎么就把你爸接出院了呢！你爸的病情才刚稳定一点儿，万一再被外面什么环境刺激一下，有个好歹可怎么是好啊！小琴啊，我家老头子的情况可以出院了吗？上次我来的时候，只听医生说他的病情有所好转，但具体什么时候可以出院不是还要观察一个月之后才能确定吗？”朱母的语速越问越快，甚至有点语无伦次，焦急的情绪溢于言表，就连抓着朱迪的手也不自觉地开始紧了起来。

此时的朱迪脑海中在一瞬间爆发出无数的疑问。这个蒋怡到底是谁？和自己又是什么关系？

显然母亲也不认识她，那她又为什么要接走父亲呢？她与父亲什么关系？还是说她做的这一切都是冲着自己来的？另有所图？

一切都理不清头绪，从自己出车祸之后，这个蒋怡就像个谜团一般一直如影随形，与自己车祸之后的生活的错乱状况一般诡异。

车祸、蒋怡……蒋怡、车祸……

这二者到底有没有联系呢？

朱迪越想越觉得混乱，隐约中好像抓住了什么，却又被大脑传来的一阵阵刺痛感打乱，越想越迷糊，越想越烦躁。

“小迪，小迪！你怎么了？我在问你话呢，你听到没有？”朱母慌乱地摇晃着朱迪的胳膊，将朱迪从混乱的思绪中拽了回来。

朱迪低头看着母亲那慌张的表情，不知怎的就回想起了那天火灾后，在急诊室门口来回踱步的自己。不论是自己的记忆真的出现问题，还是母亲确实“死而复生”，在相处了这些天之后，朱迪早已在潜意识中接受了自己母亲就活生生地陪伴在自己身边的事实。而对朱母的情感，也从最初的惧怕，逐渐过渡到了关怀和依恋。所以，朱迪不忍看到母亲担心难过，只好先编造个谎言，安抚母亲。

至于之后的事……朱迪心想，这个蒋怡，我会想办法查清楚的。

“妈！你瞅我这记性！这不前一阵子我接了一个医疗的项目，还出国了一段时间吗？在那个项目里，我结识了一位国外特别权威的精神科专家，当时就跟人家聊了一下我爸的情况。刚好人家最近来咱国家做科研指导，再加上爸的病情又比较稳定，可以暂时离院，我就赶紧厚着脸皮去求人家，预约上了一个时间。我这阵子工作比较忙，前几天就拜托了我一个朋友，帮忙送我爸过去了。你看我忙的，连日子都记乱了……”

朱迪对着朱母一顿口若悬河地胡编乱造，却偏偏言之凿凿，有理有据。果然，听了朱迪的解释之后，朱母的神色缓和了很多，从最初的焦躁担忧，变成了对朱迪的嗔怪。

“你这孩子，一天都恍恍惚惚的。这么大的事儿也不提前跟我打个招呼，害得我刚才数落了人家小琴好半天，多不好。我还没老年痴呆呢，你怎么就不记事儿了！”

朱迪一边赔笑听着老人的数落，一边搀扶着母亲向医院外走去，并且脚步在不自觉地加快。

因为之前要安抚朱母，不能表现出着急的心情，然而此时此刻，朱迪的心中用翻江倒海来形容也一点儿不为过。蒋怡这个谜团，如乌云般笼罩在他的心头，使得朱迪恨不得下一秒就到家，好让他去好好调查调查这个女人。

打车回到家后，朱迪先是把已经疲惫的母亲送回房间休息，连外套都来不及脱下，就立刻三步并作两步地来到了书房，并转身反锁上了房门。

坐在桌前，朱迪抬手打开电脑后，就陷入了沉思。他一边无意识地敲打着桌面，一边开始回忆蒋怡这个名字几次出现时的具体细节，试图找出其中的关联。

蒋怡这个名字第一次出现的时候，是警察从老汪的尸体上找到了关于自己的照片。按照照片的内容来推断，是这个女人雇佣老汪来监视自己的日常生活。可自己并不认识她，应该不存在什么仇怨才对。

总不能是要绑架他吧？！

“我就一平头老百姓，真要绑架我，她不得亏得连成本都收不回来！”朱迪瞬间被自己的奇葩脑洞逗笑了……

再来，就是那个写着“千万不要接近蒋怡”的贺卡，这分明是一个警告。可问题是，自己都不认识这个蒋怡，又怎么会主动去接近她呢？难道，自己应该认识她？而写这个警告的人，又是谁呢？

最后，就是这个蒋怡神通广大地接走了朱父，目的不明。到现在为止，不管是朱迪还是朱母，并未接到什么勒索电话，那就应该可以排除绑架的可能性。可如果真的是朱父认识的女人，那么前两点又根本说不通啊……

想到这儿，朱迪感觉自己仿佛走进了死胡同。每条胡同看起来都像是康庄大道，可偏偏在尽头挂着个明晃晃的大牌子，上书四个大字：毫无头绪。

朱迪反复看着自己在纸上写下的线索：监视——不认识——可能认识——有所图。最后，把可能性放在了——或许是商业竞争对手上。

想到这里，朱迪立刻打开了自己的工作邮箱，在成百上千的邮件中搜索着“蒋怡”这两个字。然而，连有可能被屏蔽到垃圾箱的邮件都找完之后，却依旧一无所获。

随后，朱迪又将随身携带的工作U盘插入到电脑中，一边用关键字检索，一边一个文档又一个文档地挨个儿查找，甚至连隐藏文件都不放过，生怕有所遗漏！

然而结果，依然是令人失望。

如此枯燥又费时地查找，得到的结果却是一片空白，这让朱迪感到无比的烦躁。

带着些许的沮丧，朱迪有些暴躁地拍打着键盘，将最后的希望放在了互联网上。

朱迪起身去倒了一杯咖啡，又走到床边默默地抽了一根烟后，重新回到了电脑前。

坐下后，朱迪做了一个深呼吸，强迫自己冷静下来，继续耐心地进行枯燥的筛选、查找工作。

朱迪打开浏览器后，在搜索框输入了蒋怡的名字，按下了回车键。

一瞬间，海量的信息出现在了页面上，庞杂无序，并且重复。

朱迪粗略地扫过一些明星、名人等信息后，迅速又仔细地一页又一页地翻看着。

时间已临近傍晚，朱母早已起床开始叮叮咣咣地为朱迪准备晚饭。已经盯着电脑屏幕查找了一百多页的朱迪，揉了揉酸涩的双眼，疲惫地靠在椅背上叹了口气。

想要在几乎无尽的网络信息上搜索一个一无所知的人，这无异于大海捞针。可朱迪却别无他法。

站起身活动了一下，朱迪走出去，在倒了不知道第几杯咖啡后，与厨房正在忙碌的母亲打了声招呼，就又回到了书房继续查找。

在经历了信息不断重复浪费之后，这一次，朱迪开始按照时间逐渐往前推进，添加与自己有关的关键字逐个搜索着。

一开始，朱迪搜索的是他手上近一年的工作项目、项目相关的公司名称、竞标单位、项目地点等一系列关键词。

无果后，朱迪又继续往前一年的工作项目上靠。就这样一年又一年地逐年递进，一直持续到自己刚来公司实习的那一年，却依然没找到有用的相关信息。

不得已，朱迪只好继续往前，开始搜索自己在学生时代的相关词条。

朱迪仔细浏览着自己母校在那几年的各种信息，偶尔还能看到自己和李伟的名字。

突然，一条迎新晚会的校内新闻映入了他的眼帘。

“为迎接××级新生的到来，展现我院学子风采……晚会在我院学生会部分干部及院艺术社蒋怡、宋晓菲等激情的开场舞中拉开了帷幕。”

“××级？那不就是我毕业的那一年？这个跳舞的蒋怡，是我要找的人吗？我怎么就没什么印象呢？”朱迪一边喃喃自语着，一边开始翻找校内有关这个蒋怡的一切信息。

“这个蒋怡跟我一个系，但是比我小两届，看样子在学校里也是个小有名气的人物，我怎么就是想不起来呢？算了，打给李伟问问吧。”朱迪一边嘟囔着就一边拿起手机拨通了李伟的电话号码。

“您拨打的用户暂时无法接通……”

“怎么一到关键时刻就消失呢！”

无奈之下，朱迪起身从最顶层的书架上取下了一本看着年代挺久远的同学录，想找个以前学生会的同学打听一下。

朱迪一边翻着同学录，一边回忆着到底哪个同学以前是在学生会里的。谁知翻到同学录最中间时，一个占满了整整两页的字迹让朱迪震惊得停下了双手。

“希望学长在以后的生活中……蒋怡留。”紧跟着下面还有电话号码、家庭住址等。

朱迪来不及多想为什么蒋怡会出现在他的同学录里，就直接按照纸上的电话号码拨了出去。

“您好，您拨打的号码是空号，请查证后再拨……”

电话没打通，朱迪立刻抓起了桌上的同学录，打开书房门，迈步就奔着门口走去。

“小迪，你干什么去啊？晚饭马上就好了！”朱母冲着朱迪说道。

“妈，我公司有事儿，你自己吃吧，不用等我了。”话还没说完，朱迪人就已经进了电梯。

此时正是晚高峰时段，等朱迪打车到了蒋怡家小区时，已经将近晚上八点了。

蒋怡家住在五层，朱迪抬头看了眼亮灯的窗户，瞬间松了一口气。

随即，朱迪低头整理了一下自己因匆忙而略显凌乱的衣衫，迈步走进了蒋怡家所在的楼门。

501号门前，朱迪抬手敲了敲门。

几秒之后，伴随着一声：“来了，谁呀？”房门被推开了。

朱迪看到来开门的是一位老太太之后，略微停顿了一下后说道：“您好阿姨，请问蒋怡在家吗？”

老太太看了眼一身西装革履的朱迪后，问道：“你是？”

朱迪一听老太太的问话，就知道自己这是找对了，随即立刻扯开了一个笑容回道：“我是蒋怡大学的学长，找她有点儿事儿。”

老太太听到是蒋怡的大学学长，再抬眼看着他也不像坏人，随即让了让身子说道："找小怡啊，进来说吧。"

朱迪道了声谢后，就换鞋进了屋。

"小怡最近都回来得比较晚，说是挺忙的。有时候太晚了，直接就不回来了。你要是有急事找她的话，可以给她打个电话问问，省得你白等。"老太太言语和蔼地说道。

朱迪一听这话，立刻拿出了之前夹在腋下的同学录翻开对蒋母说道："是这样的阿姨。我跟蒋怡是老同学，但是也有很多年没有联系了，她现在的电话号码我还真是没有。这不我们母校马上要周年庆了，系里组织同学聚会，就把联系同学这个任务交给我了。要不是以前的同学录上有家庭住址，还真就把我给难住了！"

话听到这里，蒋母对朱迪这个陌生人的最后一点疑虑也打消了，随即满面笑容地说道："小怡自从出国之后，就总抱怨说跟很多旧同学都断了联系，一直很遗憾，也想念得紧。前一阵子一回来，还天天嚷嚷着要找老同学聚会呢！你们这些孩子的感情啊，还真挺好的呢。念旧，念旧好啊！"

朱迪眨了眨眼睛，一边暗自记下有用的信息，一边顺着老太太的话茬儿接道："同窗的感情美好纯粹，都是值得我们记一辈子的。阿姨，您看时间也不早了，要不您把蒋怡现在的联系方式给我，我打电话告诉她同学会的时间地点就行，就不打扰您休息了。"

"你等等啊，我给你找找小怡的名片。人老喽，记性不如从前啊。"老太太一边说着，一边站起了身。

朱迪道谢着也跟着蒋母一起站了起来。

"给你，这是小怡的名片，上面就有她的电话。"蒋母伸手将名片递了过去。

朱迪再次谢了一声后，一边压抑着激动的心情，一边低头看去。

“未来科技有限公司，蒋怡，手机……”

朱迪瞬间呆愣住了。

未来科技？蒋怡在自己的公司工作？为什么自己一点儿印象都没有！

“小伙子，小伙子，你怎么了？”蒋母看着眼前僵住的朱迪，略带关切地在他眼前摆了摆手问道。

“啊！没事，阿姨。就是最近工作比较忙，可能有些贫血，猛地一站起来头有点儿晕。”朱迪赶紧笑着回道。

“你们这些年轻人啊，就是不拿自己的身体当回事。”蒋母一边笑着，一边将朱迪送出了门。

与蒋母道别后，朱迪再也压抑不住心中的震惊，连电梯都顾不上坐，就直接顺着楼梯跑下了楼。

打车回到家后，朱迪的心情依然久久不能平复。尤其是手中攥着的那张蒋怡的名片，更是在不断刺激着他的大脑。

经过这一天的查找，虽然让朱迪终于对蒋怡这个人掌握了一些信息，有了一点儿眉目。然而，种种证据都指明，这个蒋怡跟自己有关，甚至是相识，但自己却丝毫不记得。这让朱迪觉得仿佛陷入某种迷障，答案根本无解。难道真的是自己脑子出了问题？

一下午的注意力高度集中，让越想越困顿的朱迪，就这样迷迷糊糊地睡着了。

度日如年般过完了一个周末。星期一的清晨，在朱母的“监视”下，朱迪快速扒拉了两口早饭，随即简单收拾了一下就赶往公司。

悦城大厦，十七层未来科技公司。

朱迪赶到公司的时候，上班时间还没到，公司内只有零星几个因加班而一夜未归的员工在一边吃着早餐，一边聊着天。

“朱总早，身体好些了吗？您真是敬业啊，这么早就到公司了。”一个下属有些讨好地说道。

朱迪点头微笑一下后，就在公司内的各部门转悠，试图找出对蒋怡的印象。然而，这注定是在做无用功。

好不容易挨到上班时间，朱迪立刻冲去了人事部，找了个借口要来了人事档案，并开始翻找起来。

按照人事档案的入职时间来看，这个蒋怡恰是在老汪出事的第二天，应聘进公司的。

“这么看来，她应该是刻意来接近自己的。可为什么这么多天过去了，我却没有见过她呢？”朱迪一边想着，一边仔细看着蒋怡填写的各种资料。

“嗯？”突然间，朱迪在入职表的总经理签名处，看到了一个让他完全不可思议的名字。

朱伟！

朱迪有些不敢置信。同名同姓？

这正是与自己父亲相同的名字。这个总经理朱伟，难道就是自己的父亲朱伟？

虽然莫名其妙，但是联想到车祸之后自己身边出现的这些怪事，朱迪觉得他必须要去求证一下。

来不及过多考虑，朱迪迈步就奔着总经理办公室走去。

“朱总，有什么事吗？”总经理秘书微笑着礼貌问道。

“那个，我有事想跟总经理汇报一下。”朱迪过来得匆忙，并没有想好什么理由，所以一时之间有些语塞。

“抱歉，朱总。总经理有客人在里面，他之前吩咐说暂时不宜打扰。”总经理秘书将朱迪堵在了门外。

“那麻烦你等总经理有时间的时候，打电话通知我一声。我真的有很重要的事情要跟他汇报。谢了哈！”无奈之下，朱迪只能暂时回办公室等待。

一上午的时间，朱迪都无心工作。期间他不停地抬头向外张望，属于蒋怡的办公桌一直空着不见人来。名片上的电话，也是一直无人接听。

而朱迪每次出去倒咖啡的时候，都能看见总经理秘书端坐在办公桌前，偶尔还似有察觉地抬起头来冲他微笑。但总经理办公室的房门，始终紧闭，毫无动静。

一上午的时间过去，临近午饭时间，几乎所有员工都陆续离开，出去吃饭了。朱迪终于按捺不住焦躁的心情，起身离开办公室，冲着总经理办公室走去。

“咚，咚，咚。”朱迪连敲了几下房门，却都没有回应。

最后，朱迪的手落在门把手上，发现房门并没有反锁。随即他横下心来一把推开了门，却被屋里的景象惊呆了。

“谁让你进来的？出去！”总经理转过了身，对着朱迪呵斥道。

“呃……”朱迪此时已经看清，这个转过身的男人，正是被蒋怡从精神病院接走的自己的父亲朱伟！

然而朱迪根本来不及细想，自己的父亲不过是一位大学物理教授而已，怎么就摇身一变成了自己公司的总经理！他只能震惊于眼前的画面。

开门的瞬间，朱父正背对着朱迪，面朝着宽大的办公桌，上半身衣衫凌乱，西服外套散落在脚边，鲜艳的领带半挂在脖子上。转身时可以看到衬衫的纽扣一直开到肚脐，并且在边缘位置，几个口红印间隔非常整齐地排列着。

而朱父的下半身，西裤早已褪到了脚踝的位置，只余内裤还勉强完好地保存在身上。透过两腿之间的位置，隐约可以看到一双穿着破烂黑色丝袜的笔直长腿，正紧贴着朱父的两腿内侧。

“让你出去，听没听见！”耳边再次传来朱父的怒吼声。

朱迪正要回话时，朱父身前的女子却转过了头。而这张熟悉的面孔，让刚勉强消化完眼前信息的朱迪，再次陷入了震惊，一时有些回不过神。

眼前这个与自己父亲在办公室行苟且之事的女子，不是别人，正是前段时间才来医院看过自己的，好友李伟的妻子！

一时间，朱迪惊怒交加，完全不能够接受眼前的状况！想到李伟从前因为自己妻子的出轨，遭受打击后黯然离婚。再想到前段时间在医院，两人在一起时的幸福表情。虽然对于李伟原谅了前妻再复婚感到不解，但只要他觉得幸福快乐，作为好兄弟，朱迪也觉得开心。

所以，朱迪绝对没办法原谅李伟妻子对李伟的再一次背叛！更何况，这次出轨的对象，还是自己的父亲！

想到这里，朱迪再也忍不住，指着自己的父亲，破口大骂：

“你们两个，到底是不是人！”

第六章　关于蒋怡的线索

“谁给你的胆子，这么跟我说话！我看你是不想在我公司干了吧！”朱伟一边尴尬地穿着衣服，一边说道，并且示意已经整理好衣衫的李伟老婆去关门。

李伟老婆绕过了朱迪，关上了办公室的大门，随后又走回到朱伟身边。

朱迪看着毫无歉疚之意的二人，冲动地走到办公桌前，指着朱伟问道：“你这么做，有没有考虑过我妈的感受？四年前，就是因为你一门心思只考虑你的科研项目，忽略她，忽略这个家，才使得她郁郁寡欢，导致厨房起火，最后葬身火海。最后人进了手术室都找不到你。现在，她活过来了，去精神病院看你，你却跟着什么蒋怡一起走了，让她担心怕你出什么事！可你却跑到办公室里干这么恶心的事情！”

越说越怒火中烧的朱迪紧紧揪着朱伟的西服领子，发泄着他的愤怒。丝毫没有留意到，自己所说的这些东西是多么的自相矛盾、逻辑不通。

“还有你！”朱迪松开朱伟后，直接转向李伟老婆骂道，“李伟能原谅你一次，再重新接纳你，那是他对你还有感情。但这不代表你可以随意践踏他的感情！你要是学不会一心一意，就趁早离开他，有多远就离他多远！”

朱伟越听越迷糊，连朱迪对他的冒犯都忘记了，而是直接转头冲着李伟老婆说道：“他这是车祸把脑子撞坏了？说的这都是些什么乱七八糟的，怎么还乱攀亲戚呢！谁是你父亲？”

李伟老婆看了朱伟一眼后，直接冷着一张脸对朱迪说：“我和李伟怎么样，那是我们夫妻之间的事情，用不着你指手画脚！真是兄弟，真为他好，你就应该明白什么话能说，什么话不能说，免得大家都下不来台！”

朱迪听着两人的话，再看着两人认真的表情，不禁一愣。最近自己身边发生的奇怪事情太多，也使得朱迪经常恍惚。可眼前这人明明就是自己的父亲，怎么还认不得他这个儿子了呢？

“爸。”朱迪冷静下来之后，又试着叫了一声。

谁知，朱伟立刻摆了摆手，说道：“我知道你前段时间出了车祸，之后又因为员工的工伤闹事问题挺身而出受了点儿伤。如果你身体还有什么不适，需要休假休养，我都可以给你批带薪休假。但我真的不记得我有你这么个儿子，我想你还是去医院再好好检查检查吧。”

一场闹剧，就这样戏剧般地结束了。朱迪失魂落魄地走出了总经理办公室，已无心再去纠结朱伟和李伟老婆的“桃色事件”。

回到办公室的朱迪仔细回忆着刚才朱伟身上的每一个细节，不论是样貌特征，还是声音语调等都一模一样。虽然，朱伟看着还比较年轻，完全不到五十岁的样子，但是朱迪确信那绝对是自己的父亲。除非这个世界上，有各方面都完全一模一样的人！

不论怎么想，朱迪都无法说服自己那个人不是自己的父亲。坐在办公室里思来想去，最后朱迪决定跟踪朱伟看看会不会找到真相。

晚上下班之后，朱迪一路尾随着朱伟，来到了他的住处。

眼前的建筑虽然看起来有些眼熟，但那并不是他父母原来的家。

朱迪看到朱伟走进屋中后，就独自一人在小区里转悠了起来。因为他总觉得这个地方有些眼熟，甚至是小区里的人也让他感到熟悉。他想看看，周围会不会有人认识他，进而找到些信息。

溜达了差不多半个小时，朱迪的脸都快笑僵了，却依然不见有人与他搭话。最后，他决定去朱伟家看看。

来到了朱伟家门口后，想到白天的尴尬场景，朱迪又有些犹豫不决，不知道该找个什么样的理由，才能顺利进屋交谈。

然而，正当朱迪在门口徘徊时，却突然看到，有滚滚浓烟从门缝底下冒了出来。

着火了！这浓烟，朱迪太熟悉了！

顾不得多想，朱迪立刻跑到安全通道处，一边按响了火警铃，一边砸开玻璃取出了消防斧。

拿着斧子，朱迪砸开了房门，冲进屋内时发现，火势早已蔓延整间屋子，浓烟熏得人根本睁不开眼。

“爸，爸！”屋内没有人回应。

朱迪想都没想，整个人直接冲进火中，找寻着不知在何处的朱伟。

然而，等到朱迪找到位于厨房不远处的朱伟时，朱伟的半边身子已被火烧着，整个人一动不动。

等到火警赶来，扑灭了火势之后，朱伟早已死亡多时。

坐在花坛边上，朱迪呆愣地看着远处被抬上救护车的朱伟的尸体，脑海中一片空白。

不知道过了多久，喧闹声渐渐散去，黑暗中只有一盏孤零零的路灯矗立在那儿。

突然间，朱迪一跃而起，发了疯似的开始狂奔。

一路上，朱迪只觉得自己的肺都快要炸了，大脑也严重缺氧，连日来的种种变故所带来的精神重压，让朱迪急需一个可以宣泄的出口。

不知道跑了多久，逐渐缓慢下来的朱迪跑到了一处公园的门口。

在路边的烧烤摊处买了一瓶啤酒，朱迪拎着它，走到了公园的湖边坐下。

一瓶啤酒下肚，朱迪回想着从自己车祸醒来之后所发生的种种事情，不禁有些恍惚。

从母亲的复活，到父亲的死亡；从自己的“金刚不坏之身”，到身边各种事情的错乱……朱迪已经分不清什么是真，什么是假。到底是自己有问题，还是这个世界有问题！

而连日来，自己都在寻找着某种答案。可这答案究竟是什么？到底什么才是真正的答案？就连朱迪自己都说不明白。

越想越觉得沮丧，越想越觉得心酸，越想越觉得无助，让朱迪忍不住哭了出来。

“啊——”

朱迪怒吼着站起身来，将手中的啤酒瓶扔向了湖里。

我的生活到底怎么了？谁能来告诉我答案！

清晨，阳光穿过层层树叶散落在地上，周围也渐渐开始喧闹起来，各式晨练的人群往来于公园之中。

朱迪被吵醒，有些迷茫地揉了揉双眼，环顾四周，才发现自己昨晚喝多后，栽歪着睡在了公园湖边的长椅上。

有些艰难地从长椅上爬起，朱迪忍不住干呕了一声，各种不适感一瞬间袭来。朱迪晃了晃昏昏沉沉的脑袋，步伐缓慢地向公园外走去。

走出公园后，朱迪坐在街边的早点摊上，买了一些豆浆和油条缓缓吃了起来。

正当朱迪一边走一边胡思乱想着，电话忽然响了起来。

“喂，妈？”看了一眼来电，朱迪接起来说道。

“小迪，你爸爸……你爸爸他出事儿了！今早天刚亮，我就接到了医院的电话……”朱母在电话中，一边抽泣，一边向朱迪陈述着朱父因火灾而不幸离世的事实。

安慰了几句朱母后，朱迪挂断了电话，伸手拦了一辆出租车后，就往朱父陈尸的医院赶去。

坐在车上的时候，朱迪一直在想。既然母亲如今打电话来告知了父亲的死讯，那就说明，昨天自己见到的确实是朱父没错。但为什么他会不认自己呢？是精神病发作，所以不认人？

可如果只是单纯的精神病发作，又怎么解释他摇身一变成了自己公司的总经理的这个状况呢？

更何况入职表上也是他的签名，还是蒋怡接他走的，总不可能整个公司的人都陪他发神经病吧？！不能李伟媳妇也是神经病吧？

朱迪是真的想不明白了，左右都没有办法圆了这件事儿。或许，唯一的解释就是，其实他自己才是那个神经病……

朱迪赶到医院时，朱母正坐在座位上抹眼泪，整个人看起来憔悴无比。

看到母亲这个样子，朱迪实在是不忍心再去询问她什么，只好将心中的疑惑暂时压下。

陪着朱母一起在医院办完了手续后，朱迪直接联系了一家丧葬公司，为朱父去设置灵堂，以供亲友悼念。

将虚弱的母亲送回自己家休息，简单吃了口饭后，朱迪就赶去灵堂打点，披麻戴孝准备守灵。

看着灵堂上父亲的遗照，朱迪不禁想起四年前为母亲守灵时的情景，一时间有些恍惚，自己也不明白自己现在到底是什么感觉。

一直以来，朱父都是一个醉心于科研的“科学狂人”。所以打记事起，在朱迪的记忆中陪伴自己的就几乎是母亲一个人的身影。

朱父经常是一做起实验就忽略生活，为了观察记录一个数据，可以连续几天耗在实验室不回家。也只有朱母有时带着小朱迪一起去实验室送饭的时候，朱迪才能见到自己的父亲。

并且，朱父对朱迪的要求很严格，尤其是在学业上，更是达到了苛刻的程度。

而对于朱父一直希望自己能够继承他的科研道路这件事，朱迪也非常不能够理解。所以，到朱迪稍大一些，有自主能力之后，父子之间的关系就变得非常紧张，经常是在争吵中不欢而散。

如此一来，朱父在实验室中待的时间就更长了。

所以，当朱迪走上社会，搬出去住之后，母亲却因为独自在家，低血糖晕倒，从而导致厨房失火，最后在火海中丧生，朱迪一直无法原谅父亲。

那时在母亲的灵堂前，朱迪看着因悲伤过度而面色苍白、却一言不发的父亲时，曾经在心里愤恨地想过，为什么无情的火灾夺走的是他的母亲，而不是眼前这个冷漠又无情的父亲！？

自此之后，朱迪再也没有与父亲说过一句话，也没有再回过父母家。

从回忆中走出来的朱迪，再次看了一眼父亲的遗照，突然一股心酸涌上了心头。

他不明白，为什么车祸醒来之后，似乎一切都变得混乱不堪。

更不明白，为什么母亲会违背常理，死而复生。

而现在，曾经健康的父亲，不但进了精神病院，更是如同四年前的母亲一般，葬身在了火海！

朱迪曾以为，等父亲百年之后，他一定不会有太大的感觉。毕竟父亲对于他而言，甚至还不如一个陌生人的关系来得亲近。

然而一想到，在父亲死前，已经不认自己了，两人之间甚至连一句父子之间该有的完整对话都没有，朱迪还是忍不住流下了眼泪。

毕竟血浓于水，在这个世界上，他是自己最亲近的人啊！

叹息了一声后，朱迪擦掉了眼泪，继续指挥着众人布置灵堂。

抬头间，一个人冲着朱迪迎面走来。他就是消失多日、电话一直无法接通的好友李伟！

李伟一上来就直接给了朱迪一个大熊抱，完事儿一边拍着朱迪的肩膀，一边语气凝重地劝说道："兄弟……这人都没了，看开一点儿吧！"

朱迪咬着牙，眉头紧皱地点了点头："嗯！"

"你缓不过劲儿来，阿姨看着就更难受，唉！"李伟一直清楚朱迪父子两人的关系，也知道朱迪对自己的父亲没什么感情，但毕竟是血浓于水的父子，这人突然就没了，李伟也知道朱迪心里肯定不得劲儿。

"哎……不管怎么说，我也叫他声爸，无论如何我也要披麻戴孝地送他走！"朱迪言语落寞地说道，抬头时，依稀可见眼角隐含泪光。

李伟一看朱迪这个状态，也是叹息一声，表情肃穆地看着朱父的遗像，眼神仿佛没了焦距地说道："你能这么说，你爸要是听到了，一定会觉得很安慰的。这天下，哪有不爱自己子女的父母……你们爷儿俩啊，就是都太倔了，所以才这么多年都没打开心结。”

“人都死了，还有什么心结不心结的……”朱迪长叹一声。

李伟再次拍了拍朱迪的肩膀，没有说话。

整个下午到晚上，李伟一直陪着朱迪招呼前来吊唁的亲朋好友们。

但让朱迪感到奇怪的是，有一些人的面孔，明明很熟悉，可他却叫不上来名字。而另外还有一些人，明明是自己认识的，可却与记忆中的面容相去甚远，仿佛根本不是一个人似的。

旁边的李伟看着奇奇怪怪的朱迪，只当他是心里难过，也就没当回事儿，继续招呼着。

一直持续到深夜，前来吊唁的人才陆陆续续散去。只剩出去买了点儿熟食和啤酒的李伟留下来，继续陪着朱迪守夜。

一整天都没咋吃饭的两个人坐在路边，一根接着一根地抽着烟。

“对了，你前两天是不是给我打电话来着？”

“嗯。一到关键时刻找你，你就消失，就好像会算卦！”朱迪斜了李伟一眼后回道。

“哎呀，我前两天在国外没开漫游，手机没信号。一回来才看见短信提示。”

“是！你一天天都可忙了，业务遍布地球各个角落，非洲草原上的狮子，都等着你给它配对儿产崽儿呢！”朱迪根本就懒得搭理他。

“一边去！说吧，找我什么事啊？”

“啊，也没什么要紧的，就是想找你问问咱们大学一个学妹，蒋怡的情况。”朱迪避重就轻地回答道。

“呦呦呦，还咱大学学妹呢，说得那么委婉干吗！不怪咱那群女同学要给你颁发金裤衩奖，前女友都不告而别那么多年了，你还天天惦记着！”李伟一脸贱相地揶揄着朱迪。

前女友！

这个爆炸性的消息让朱迪着实心里一惊，但他皱了一下眉头，并没有打断李伟。

“其实说来也奇怪，上次系里聚会，明明是多方确认说她会来，我才通知你的。结果，最后也没见她来，还害你出了车祸。总不能是知道你要来，所以人家才故意避而不见的吧？”李伟颇为感慨地说道。

“唉，你说你当年到底把人家姑娘怎么了，让人家就这么怕见你的面。”见朱迪一直不说话，李伟的八卦之火已经熊熊燃烧，按捺不住了。

“我怎么知道！你自己都说了，是她不告而别玩消失，我还一头雾水呢！”朱迪小心翼翼地用他从李伟那儿得到的信息回答着。

“切，没劲！”李伟非常不满意地嘟囔了一句。

之后朱迪一直拐着弯儿地套李伟的话。一直到李伟站起来要去厕所，才算告一段落。

朱迪一个人坐在灵堂前，也有些蒙，双目无神地回想着刚才李伟说过的话。

他和蒋怡曾经是系里的一对金童玉女，从相识相恋起就好像是为彼此而生，各方面都非常契合，极少有争执。认识他们的人都说，如果朱迪、蒋怡会分手的话，那就再也不相信爱情了。两人扛过了毕业就分手的厄运，也扛过了有情饮水饱的时期，眼看着就要奔向人生的另一个阶段，迎来康庄大道时，蒋怡却在五年前突然不辞而别。自此之后，朱迪再也没有谈过恋爱，也不知是潜意识里一直等待着蒋怡，还是不愿再把心交出去。

直到前段时间系里组织聚会，朱迪满心期待以为终于可以再见到蒋怡，却因为车祸，最终还是错过了。

朱迪消化着这些从李伟那儿得来的信息，却越来越烦躁。

按理说，他与蒋怡曾经在一起很长时间，并且十分恩爱，即使是她后来失踪，自己也没有放弃过寻找她。可如今听着李伟的叙述，却如同是在听别人的故事一般。不单在脑海里寻不到半点儿印象，甚至是连蒋怡的样貌都回忆不出。

这怎么可能是对深爱之人的表现？！

李伟肯定不会、也没有任何理由去欺骗自己，难道真的是自己失忆了吗？这似乎是唯一能解释的理由了。

正想着，就看见李伟一边打着电话，一边走了回来。

“媳妇儿，你今晚不用等我回去了。我在这边陪朱迪一起守夜，你自己早点儿睡吧！亲亲……”李伟贱兮兮地说完就挂断了电话。

听见李伟打电话的内容后，朱迪一瞬间想起了之前在总经理办公室看到的那一幕，随即有些尴尬地低下头挠了挠脑袋。

“还想你家蒋怡呢，痴情汉？”李伟打趣地说道。

“没有，那个，看你打电话那样子，恶心着我了……”朱迪有点儿结巴地回应道。

“我呸！你这是忌妒，赤裸裸的忌妒！”李伟恶狠狠地说道。

朱迪看着李伟那一副滋润样儿，既无法理解他怎么就如此心大地原谅了他媳妇，并且和好后还这么爱她；也不知道该如何告诉他，他媳妇再次出轨的事实。尤其是，那出轨的对象，还是自己已逝的父亲。

思来想去，朱迪还是决定，从他俩之前因出轨离婚的事儿说起。也好了解一下李伟的想法，再做打算。

“是！我是忌妒！我就是忌妒你心够大，翠绿翠绿的帽子戴着，完事儿还一天乐呵呵的，跟没事儿人似的！你们之前不是离……”

婚字还没出口，朱迪忽然感觉大脑一阵晕眩，眼前有白光一闪而过，紧跟着，人就晕了过去。

迷迷糊糊地睁开眼睛，朱迪茫然地看着天花板，一时之间还有些想不起究竟发生了什么。

活动了一下有些僵硬的脑袋，感受着身体各处传来的隐隐痛感，尤其是胸口处那阵阵的刺痛，朱迪稍微清醒了一些。环顾四周，发现自己正躺在病床上，周围的环境也还是那个早已熟悉的病房。

病房内空无一人，朱迪扭头看了看窗外，此时天色刚刚擦黑，天边火红的晚霞连绵看不到尽头。

自己这是昏睡了一天吗？朱迪如是想到。

张了张嘴，朱迪想要叫个护士问问自己的情况。哪承想，嗓子又干又涩，像要冒火一般，愣是没发出半点儿声音。

勉强坐起身，从床头柜倒了杯白水润喉。如此简单的动作，却让朱迪着实费了些工夫。

倒不是说身体哪处有伤痛什么的不适，毕竟朱迪早已练就金刚不坏之身，这要搁古代想要凌迟处死他，估计刀都磨坏了，他人还好好在那儿呢。

而是身体各处都略微有些僵硬麻木，不听使唤，就好像在床上躺了二三十年的植物人突然醒来似的。身体机能绝对一级棒，就是与各部件的配合好像有点儿不在服务区，信号差了点儿。

喝掉整整一凉杯水之后，朱迪才感觉缓过来了点劲儿。随即他拔掉了手背上的针头，开始下床活动身体。

除了第一次是车祸后醒来之外，这已经是朱迪第四次莫名其妙昏倒后从医院醒来了。

所以，如今的朱迪，早已不如之前那般紧张慌乱，而更像是个老司机般轻车熟路。

朱迪一边在病房中来回踱步，活动身体，一边仔细梳理着昏倒之前的种种记忆。

首先，这一次为什么又昏倒了呢？明明最近这个毛病已经很久不出现了。

其次，似乎每次晕倒前，眼前都会出现一道白光，那道白光又是什么呢？

最后，为什么每一次醒来，身体都会有些僵硬不听使唤，并且头痛欲裂，胸口刺痛，但是只要活动活动，再过上一会儿就会恢复正常呢？

朱迪在心里反复琢磨着，回忆起在自己晕倒前，似乎是要问问李伟和他媳妇的婚姻状况，好决定是否告诉他，自己在办公室看到的那一幕。

然而，话还没出口，自己就昏了过去。并且这似乎已经不是第一次因为这个事儿晕倒了，上一次也是话说一半，就没知觉了。

四次晕倒好像都是因为要询问些什么记忆中的真相而发生的，难道这就是症结所在吗？！

想到这里，朱迪决定立刻给李伟打个电话，验证一下自己现在的想法。

结果，等朱迪从衣服里翻找出电话一看才发现，手机早已没电关机了。

如此一来，只能先把这个想法搁置在一边。

重新回到床边坐下后，朱迪想起了晕倒前李伟告诉自己的那个爆炸性消息。

蒋怡，这个对自己而言陌生无比、脑海中没有丝毫印象的女人，居然是自己从大学时期就开始交往的女朋友！

如果不是因为五年前她莫名失踪，两人或许早已结为夫妻。并且，这么多年，自己还一直没有放弃地在寻找她的下落!

如此刻骨铭心的人，自己怎么可能会不记得她？李伟绝对不会欺骗自己，难道车祸真的造成了自己的失忆，还是选择性失忆？

而今时今日，时隔五年，再一次出现的蒋怡为什么要雇人跟踪自己，又为什么会来到自己的公司上班，并且接走自己的父亲？

而那个寄信给自己，并且警告自己远离蒋怡的人，又是谁呢？

这一切的一切，是否找到蒋怡，就会有答案呢？

想到这里，朱迪决定离开医院，并在走之前，再做一次全面的身体检查。

第七章　旧物

走出病房后，顺着已经熟悉的走廊，朱迪迈步朝着主治医生值班室走去。

“哎！你不是晕倒的那个病人吗？刚醒来怎么就下地乱跑呢，有没有哪儿不舒服啊？”迎面走来的一个小护士有些责备、又语带娇嗔地说道。

朱迪被问得一愣，定睛看去才发现，这正是自己第一次住院的时候，负责照顾自己的小姑娘。

“啊，是！我好着呢，没什么不舒服的。我不是你们这儿常客吗，这刚醒来准备去医生那儿。”

朱迪笑了笑，越过小护士后，就直奔主治医生值班室走去。

敲了敲门后，朱迪推门走进了值班室，并在办公桌对面坐了下来。

“你醒了？你的身体没什么大问题，除了血糖过低之外，你的各项指标都很正常！回去之后多吃一些含糖量高的食物，适当调整，放松心情，过段时间再来验一下血糖就行了！”主治医生看到朱迪进来后，非常敬业地耐心讲解了起来。

“可是大夫，我的记忆出现了部分缺失，尤其是针对一个很重要的人，完全记不起来！有没有可能是什么血块压迫神经什么的？”朱迪问道。

“你的头部之前是否经受过猛烈的撞击？比如晕倒时磕到了哪里之类的。”主治医生抬眼看了看朱迪之后问了一句。

“就是上次车祸的时候被安全气囊打到了头，应该算是猛烈撞击吧。”朱迪认真想了想后，理所当然地答道。

“车祸？你之前遭遇过车祸吗？如果是这样的话，那倒是有可能出现血块之类的。这样，你把你之前车祸的诊疗记录拿来，我给你看看。如果你实在不放心的话，我可以现在给你开个CT的单子，你先去做做扫描。不过按理说，你之前的医生能让你出院，就证明你应该不存在脑部有血块的问题。”医生有些惊讶地问了一句后，就耐心地解释道。

“我之前的出院手续就是你批的啊，脑CT你也给我做过几次，都说片子没什么问题，有没有什么别的可能性呢？”朱迪心想，这医生还真是贵人多忘事，一本正经的，就好像没见过他似的！

“你之前就经我的手？”医生小声嘀咕了一句，随即也没太在意，因为每天经他手的病人那么多，自己怎么可能记得住所有人，“朱先生，我是中国医科大学毕业，既然给你签了出院手续，那么……”主治医师扶了扶眼镜后，一脸严肃地就要对朱迪讲道理。

“那我为什么会失忆呢？！”朱迪语速很快地打断了他，把身子往前倾了倾，心里忍不住着急。

“我还是建议你去看一下精神科，做一做心理治疗。鉴于你之前发生过车祸，或许可能出现创伤后应激障碍才会导致失忆。”

“PTSD？你的意思是，我现在的这一切状况，都是因为心理障碍？”朱迪有些不可思议地问道。

“不排除这个可能性。但我在精神科方面毕竟不是专家，你可以去检查检查。”总好过你在这儿质疑我专业性的强！医生一边如此想着，一边答道。

“哦，那好吧。”朱迪有些失魂落魄地说了句，心里明显无法接受这样的可能性。

走出医院，夜晚的风带着丝丝凉意拂面而来。朱迪一边想着刚才医生的话，一边朝着家的方向前行。

如果说自己这半个多月来身边所发生的一切，都是因为心理障碍所引起的话，那么朱迪是绝对无法接受的。

因为除了对蒋怡的记忆似乎是因为心理原因而被刻意屏蔽了之外，其他所发生的事情，诸如母亲的死而复生、自己的金刚不坏之身、父亲的莫名身份转变等，都是真实发生在自己身边的。

总不可能是因为自己的心理，而凭空想象出来的吧？！

越想越觉得心烦意乱，因为每一种可能性到最后都和结果对不上。

想来想去，朱迪决定明天去金教授那儿跟他说说最近发生的事，顺便也把之前在金教授学生那儿做的检查报告拿回来。

第二日一早，朱母做好了早饭后，叫醒了朱迪。

“小迪啊，你今天陪我回老宅收拾收拾东西吧。你爸爸走得突然，我想回去收拾一些他生前喜欢的东西烧给他……”朱母一边说着，一边不由得流下了眼泪。

朱迪看到母亲这个样子，心中着实不忍，只好先放下去金教授那边的计划，暂时陪伴在自己母亲身边。

“行，吃完饭咱就去。回去好好把东西都收拾收拾，完事儿您就搬来跟我住吧！”

“好，好……”朱母听到朱迪的话，知道儿子是怕自己一个人难过，赶忙擦了擦眼角，笑着答道。

吃过早饭后，朱迪陪着朱母回到了位于市郊的老宅。

望着眼前这栋既熟悉又有着些许陌生的房子，朱迪一时之间，竟有些唏嘘。

自己已有四年不曾回到过这里了！自从母亲去世，自己与父亲不欢而散后，便再没有踏进过这个家门半步。

然而，时隔多年，自己再次回到这里，竟是陪着葬身在火海里却死而复生的母亲前来收拾同样因火灾去世的父亲的遗物。

呵，自己的生活，就是一个玄幻故事吧！多么令人匪夷所思……

“小迪，发什么呆啊，快走啊！”母亲催促道。

被朱母拉回现实的朱迪，终于踏进了家门。

一进屋，扑面而来是有些返潮的霉味儿，这是长期无人居住、又久未开窗所导致的。

还没来得及细想，朱迪就被母亲唤入了父亲的书房。

如记忆中的那样，父亲的书房堆满了各种仪器、工具，四周的墙壁都是直至顶棚的大书架。各种书籍、数据报告堆得满满当当。

书架上的书大都被翻看得有些老旧，但却落上了不少灰尘，想是朱父也有好一阵子未回家了。

“小迪，这边我来收拾就行。你回你房间看看，有没有什么要拿的。”朱母对着朱迪说道。

朱母说完，就低下头开始自顾自地整理东西，没再跟朱迪说话。而朱迪走出书房后，拐了个弯儿，就来到了自己生活了二十几年的小天地。

一开门，正对着的就是自己的小书桌，书桌上还摆着一些朱迪在年少时做过的航模。

旁边的书柜里，第一层摆放着各种各样的奖杯、奖状，都是朱迪小时候参加各种物理竞赛、机器人竞赛等获得的荣誉。

其实，在朱迪的青少年时期，是非常崇拜自己的父亲的。因为那时，每次去父亲的实验室时，朱父总会做出一些很有意思的小玩意儿去激励学习成绩优异的小朱迪。

尤其那些东西都是外面买不到的，所以每每拿到学校的时候，都会成为小朋友们羡慕的焦点。而小朱迪也总是一脸骄傲地说，这是我爸爸做的！

渐渐地，小朱迪会试着将那些小玩意儿拆成零件，然后再逐一还原回去。甚至有时候还会尝试着组装出一些新东西来。

于是，玩着玩着，小朱迪对机械、物理等产生了浓厚的兴趣。

这让一直用小玩意儿钓大鱼，去“引诱”朱迪的朱父高兴坏了。于是，经常可以看到放学后的小朱迪连饭都顾不上吃，就跑去实验室看父亲做实验。

可随着小朱迪在物理上天赋的显现，朱父对他的要求也越来越严苛，教授的知识也越来越难。

慢慢地，朱迪有些吃不消了。

小孩子在一开始遇见困难和力不从心导致的失败时，都会产生动摇和退缩的心理。而朱父又没有多余的精力去慢慢引导他，朱迪开始对父亲的要求产生抗拒。

再加上随着年纪的增长，朱迪每次看到形单影只的母亲要照顾儿子、照顾丈夫，而她自己却日渐衰老时，心中都充满了心疼。同时，也在内心对父亲，甚至对父亲所热衷的物理，都产生了责怪和厌恶的情绪。

如此一来，父子两人的关系就进入了恶性循环。

直到朱迪彻底拒绝再以物理作为未来的志愿和目标时，父子俩大吵一架。从此，朱父就更少回家了……

摸着柜中被保存得崭新无比的奖杯，和用于参赛制作的机械臂，朱迪的心中忽然有那么一丝的后悔。

其实自己真的挺喜欢这些东西的。如果，当初能坚持下去的话，或许今天会是另一番景象吧！

朱迪拿出了一个纸箱子，将它们都一一放进去打包好。

收拾完第一层后，朱迪又向书柜的第二层看去。

第二层全是各类书籍，基本都是从大学时期往后读的书。朱迪整理出了一些或许有用的书放进了纸箱里，最后还非常“少年心”地把自己年少时最喜欢的《足球小将》和《麻辣教师》两部漫画也放了进去。

书柜的最下层是一个带锁的大抽屉，朱迪已经有些记不清里面都放了些什么，不过应该都是他的宝贝才对。

伸手拉了一下把手，却发现抽屉被锁上了。

朱迪把书桌上的盒子都翻了个遍，之后又把床头柜的抽屉也找了一遍，却依然没有发现钥匙的踪影。

能放哪儿呢？就这么大点儿的房间，总不能被自己藏到天花板上吧？

朱迪坐在椅子上，一边有些无语地念叨着，一边仔细回想着。

“啪！”打了一下响指，朱迪突然伸手奔着书桌底下摸去。

来回摸索半天，朱迪忽然笑了。收回手，果然，手心里正安安稳稳地躺着一枚小巧的金色钥匙。

打开抽屉后，朱迪从里面拿出了一个大概有14寸笔记本电脑那么大、一个手掌高的铁盒子。

看着面前的这个铁盒，朱迪突然有些忐忑。连续呼了几口气之后，朱迪小心翼翼地打开了它。

铁盒刚一打开，盒盖就被顶了起来。将盒盖拿起放在一边，才发现铁盒里满满当当，全是各种信封和照片。

朱迪把盒子里的照片全部倒出来，摊开放在书桌上，却发现这些照片绝大部分都被撕掉了一半，只剩自己一人占据着另一半的光影。

偶尔有一两张远景的照片，可以看出是自己和一个女子非常亲密地依偎在一起。但那些照片中，不是模糊不清只能看到轮廓，就是干脆是两人在阳光下的背影，没有一张可以看到女方面容的。

但朱迪的脑海中还是自动蹦出了一个名字——蒋怡。

这些照片多数应该都是在大学时期拍下的。照片中的自己还略带着青涩，就连笑起来也有一种很直接的爽朗。只看一眼，都能感受到那时的自己是多么的幸福和甜蜜。

放下照片后，朱迪拿起一封信拆开看了起来。

我最可爱的小怡：

今天是你回学校的第二天，从来跟你一再强调男儿有泪不轻弹的我，被你非常成功地“弹”出了一丢丢眼泪。别太骄傲，就一丢丢而已！

我一直没跟你说过，得到这份工作的offer时，我是非常犹豫，喜忧参半的。

喜的是，如果我足够努力，那么它的薪酬会非常可观，而我也能早日实现带你去迪士尼乐园坐旋转木马的诺言。

忧的是，我这个小小的业务员得开始满世界地乱跑，出差跑业务成了家常便饭，陪在你身边的时间就会越来越少了，这让我怎么忍心？

可那次我们在布达拉宫前，彼此的相视一笑让我明白：你我的相遇，必是几世轮回的累积，我终有一日会如齐天大圣般脚踏七彩祥云娶你过门！往后那么漫长的日子，我又怎么可以不去努力让你过得更好！

之后的每一次出差，我都是充满干劲地一边努力搞定客户，一边期待时间过得快一点，好让我早日回去见你。

所以，当大前天你突然打电话给我，说让我去机场接你的时候，虽然我嘴上责怪你逃课不利于之后进体制，但心里早就乐开了花（向青天大老爷发誓，我当时还以为你是想看海，所以才跑来玩的……不能怪我说你荒废学业）。

当天下午因为还要准备之后见客户的材料，所以根本顾不上陪你说话。而你就乖乖坐在客房的沙发上看书。阳光洒在你的身上，安静又美好，让我觉得心安。

我虽然在忙，但是眼角的余光总能看到你时不时地抬起头来偷看我，然后像是偷到糖吃的孩子似的，笑得周身的阳光都颤动了起来。

哈哈，承认吧！你早就爱我爱得无法自拔，只要看见我就立刻小鹿乱撞，春心荡漾了，对吧？

其实吧，我也是！

直到第二天，我才终于有时间带你出去胡吃海喝，然后再领着你去你心心念念的海滩散步，捡贝壳。

谁知道晚上回到宾馆的时候，你却突然抱着我说生日快乐，然后从你的百宝袋中变戏法似的掏出了一对电子情侣表。我想这就是你前阵子突然去做家教的原因吧！

原来，是我的生日到了啊。我不记得，但你却记得。

你对我说，你要我记住，即使时间流逝，你会一直在，并不会随着时间流逝而消失。

那一刻，我觉得这是世界上最动听的情话!

而你，是这世上最好的生日礼物！！

昨天傍晚，我送你坐上回程的飞机。晚上你发消息问我，知道为什么你逃课也要在前天见到我吗?

我不知道，你也没有直接说。

直到夜里，我睡着了，你才留言给我说："你记住了我所有的日子，却记不住自己的生日。以后你每年的生日我都会给你记住，这是第一个。哪怕以后我们再也吃不动蛋糕了，我也会陪你过生日！"

今早醒来看到消息时，那一丢丢的眼泪就轻易被你这个不经意的举动给"弹"了出来……

小怡，我们之间或许没有发生过什么轰轰烈烈的大事，但这些平凡的小事就已足够我感激上苍让我们相遇!

谢谢你，出现在我的生命里!

永远爱着你的
朱迪宇

看完这封信后，朱迪的眼睛竟不自觉地有些湿润。脑海中也逐渐浮现出蒋怡第一次陪自己过生日时的甜蜜片段。

然而，那些画面虽然美好，可蒋怡的面容却始终模糊不清。朱迪还是想不起蒋怡到底长什么样子。

朱迪又从那诸多信件中，抽出了一封粉色的信封。打开来后，果不其然是蒋怡写给自己的信。

Dear 迪：

你总说我像个小孩子似的嘻嘻哈哈、没心没肺，害得你只要一刻不在我身边，就会开始担心。

可你不知道的是，这就是我的策略啊！这样一来，你就永远也放不下我，到哪儿都会想着我。即使是你比我先毕业，也飞不出我的手掌心！

你还说你再也不会允许我一个人出去旅游，因为那样会熬不住相思，即使出去你也要和我一起。

可你不知道的是，这样有些霸道的爱，真的甜到了我的心里。而自那之后，我们也正式开启了“See the world together”之旅，让我的记忆中，到处都是你的身影。

华山论剑，挂上同心锁，许愿相亲相爱，永不分离；

黄山之顶，星空下跨年，银河如线洒落，鉴证爱情；

雪山之巅，悟邂逅轮回，你我虔诚叩首，敬谢神佛。

虽然暂时不曾走出国门，但你说等你以后赚钱了，一定会带我去迪士尼乐园坐旋转木马，圆我儿时的少女梦。

你还经常说我傻，傻得不管你说什么，我都无条件相信。然后突然就开始笑，说有一天若你把我卖了，我一定还会傻呵呵地帮你数钱。

可你不知道的是，其实我精明着呢！因为每次你说话时，我都能听到你胸膛那有力的心跳，感受到透过你手臂传来的坚定的力量。它们仿佛都在叫嚣着跟我说，你要照顾我一辈子，做我最坚实的依靠！

其实，你才是那个傻子。

你傻得不知道每次出门时，都是你大包小包地背着，而我永远只管拍照和靠着你休息就行。

你傻得不知道每个月为了能记得提前提醒我注意保暖，否则又会肚子痛，就在手机里下载生理期记录，为此还惹得兄弟们嘲笑。

你傻得不知道为了我那脆弱的气管，你把烟戒了。

你傻得不知道你出门永远牵着我走，过马路永远站在车来的方向……

你还傻得不知道你做了好多好多温暖的事包围着我，让我情愿一直沉溺在你的爱里，永远、永远也不要走出来。

而这些你不知道的事，你不自知的好，我通通都会帮你记得。就如同你不知道我也同样热烈地爱着你一般，一并永远记得！

PS：这可是人家长这么大，第一次写情书哦！你一定要珍惜珍惜再珍惜，感动感动再感动！否则，我就哭到天昏地暗，让你心疼死！哈哈哈……

你最爱的大宝贝
小怡字

朱迪看着这封“声情并茂”的情书，笑得跟个傻子似的。脑海中一瞬间闪现出好多他与蒋怡从前在一起的甜蜜画面。

虽然不知为何，朱迪还是回忆不起小怡的脸，但胸中那澎湃的情感，让他确信，蒋怡正是那个让他珍爱的女人！

朱迪一边按捺住激动的心情，一边快速地拆信看信，期待能通过它们唤起更多自己对蒋怡的记忆。

正当朱迪专心致志地翻看他与蒋怡之间的情书时，书房那边再次传来了朱母的声音：“小迪，你过来看看，这是不是你的东西？”

听到母亲叫声的朱迪从信件中抬起头来，略微疑惑地皱了皱眉头，有些疑惑父亲的书房怎么会有自己的东西？

推开房门，朱迪迈步向书房走去。

“妈，怎么了？你不是在收拾我爸的遗物吗？”朱迪冲着朱母问道。

“是啊，你爸的东西太乱，我这半天还没收拾完呢。”朱母抬头一边说话，一边伸手向朱迪递出了一封信，“这上面写的你的名字，我在你爸抽屉里看到的。”

朱迪接过信后明显一愣，因为信封上的字迹他很熟悉，正是刚才自己看了很久的蒋怡的笔迹。

“怎么了？不是你的吗？”看到朱迪愣住的朱母有些疑惑地问道。

“没，是我的。我刚还在找这封信呢，还以为丢了呢！”朱迪笑着回道。

“你这孩子，一天丢三落四的，哪天把自己都丢了。”朱母笑了一下，嗔怪道。

“妈，那你继续收拾着，我屋还有点东西没拿完，我先过去了啊！”朱迪说完，就一溜烟似的快步走出了书房。

“不会是女朋友的情书吧？看把他急得！”看了一眼朱迪消失的背影，朱母喃喃道。

快步回到房间，朱迪一边推上房门，一边迫不及待地拆开了信。

小迪：

你还记得那个游乐场吗？

我会在那里等着你，一直等你！

不见不散！

怡

朱迪将信翻来覆去，却发现信上只有这么短短几个字，并且最重要的时间不知道为什么被刻意涂掉了。而信上所说的游乐场，朱迪也并不记得。

再拿出信封看了看，发现信封上的邮戳同样已经模糊不清无法辨认。这到底是蒋怡什么时候写给他的呢？

坐在椅子上，朱迪有些发愣地看着信。他有一种感觉，这封信很重要！

可是，不论朱迪怎么回忆，都始终无法想起关于游乐场的信息，这让朱迪无比地焦躁。

朱迪一气之下用拳砸了一下书桌。

“咣当！”书桌上放着的闹钟被震得掉到了地上。

朱迪弯腰将闹钟捡了起来，却发现闹钟早就已经停了。

朱迪一开始并没有在意，因为他已经四年没有回过家了，朱父没事儿又肯定不会进到他的屋子来，闹钟里的电池肯定早就没电了。

然而当朱迪走出房间，想要去书房再找找有没有其他线索的时候，却突然发现走廊上的同步电钟也不走了！

这怎么可能呢？

朱迪快步走到了钟表旁边，想要看看是不是没有插线，还是有什么别的问题。

可走过去查看的朱迪却发现，线插得好好的，而同步电动机也没有任何问题。

就在朱迪一脸迷惑时，表针突然动了一下！

然而，仅仅是一下而已，之后就又停住了。

等了半天的朱迪依然不见钟表再动，而此时他心中还牵挂着要去找寻线索，所以决定不再深究。

可朱迪刚迈出步子，表针却又动了一下！

这一次，朱迪彻底愣住了，他无法忽视这样奇怪的现象。

就这样，朱迪在同步电钟旁一直站着，因为最近一直生活比较混乱，所以朱迪已经好多天不记得戴手表了，只能用手机计算着时间，想要看看表针究竟是多长时间走一次。

时间一分一秒地过去，一直盯着手机看的朱迪，眼睛已经有些许的酸涩。而在这期间他发现，同步电钟的秒针和分针虽然不动，但是它的时针却是每隔5分钟左右就跳一次！

也就是说，明明只有5分钟的时间，但它却过了一个小时！

朱迪在同步电钟旁边一直站了大概半个钟头的样子，发现钟表并没有什么其他的变化，就按照这样的规律一直走着。

朱迪心里虽然疑惑，但是脑海中却想不出来到底问题出哪里，也没法解释这个奇怪的现象。

如此一来，他只能当作是钟表坏掉了，因为毕竟它是有规律地在走动，或许是某根机弦卡住了吧。

虽然朱迪在心里这样对自己说，但是不知道为什么，这种奇怪的现象总是让他觉得并不是单纯的钟坏掉了。

想不出答案，又无法就这样忽略不想，所以朱迪觉得他应该看看家里其他的表，或许真的只是这一个坏了而已。

于是朱迪开始快步在家里各个屋子来回走动起来。

然而，当他把家里的五六个表，包括闹钟全部排列放在桌上的时候，朱迪再一次陷入了不可置信。

这里没有一个表是正常走动的！

有的表就像是那个同步电钟一样，表针和分针都不动，只有时针会隔一段时间动一下。而它们动的时候，间隔的时间还不尽相同。

就连之前朱迪以为是没电了所以不走了的闹钟，其实也是走着，只是只走时针而已。

而另几个表却是跟磕了药似的，一直疯跑，甚至有的表面都快要连贯成一个肉眼可见的圆圈了！

朱迪一直盯着疯跑的几个表看，却根本无法计算时间。因为它跑动得太快，让朱迪除了眼晕之外，根本没办法再去兼顾其他。

朱迪就这样一直盯着几个表看着，除了有几个走得都是快的，有几个走得都是慢的之外，再无其他规律，根本没办法算出准确的时间。

就当朱迪满脑子糨糊，好像在思考，却又不知道该从何下手，也不知想些什么的时候，身旁不远处却响起了朱母的呼唤声。

“小迪，你的东西都拿完了吗？我已经收拾好了。你要是弄完，咱们就可以走了。”朱母对着朱迪说道。

朱迪抬起头，思绪显然还没从刚才的状态中恢复过来，看着母亲一时间有些呆愣。

直到朱母再次叫了一声之后，朱迪才回神儿反应过来。

“嗯，我也弄完了，那咱们就走吧。”朱迪无法从几个表中找出什么线索，也没有其他的头绪，所以只好放弃研究，先送母亲回家再说。

朱迪回答完朱母后，转身回到了自己的房间，将他与蒋怡的情书都收进铁盒里，放入纸箱中封箱后抱着走出了家门。

一切收拾妥当后，朱迪开着临时租来的商务车带着朱母踏上了回家的路。

而在副驾驶的座位上，则安静地躺着一封邮戳已经模糊的信。

第八章　烟火里的真相

载着朱母回到家后，已经是中午1点多了。简单地吃了两口饭后，朱迪抱着纸箱走进了书房。

拆开纸箱后，朱迪取出了铁盒，走到书桌前坐下。随即又拿出那封语焉不详、没有日期的信看了起来。

反复读着那不到五十个字的信，朱迪越看越觉得疑惑，隐隐感觉这里面一定是隐藏了些什么。

李伟曾经告诉过他，蒋怡是在五年前突然消失不辞而别的。朱迪虽然之前在看信的时候想起了一些他与蒋怡之间的事情，但是记忆依然是断裂，不完全的。

到底在蒋怡消失之前，他们之间发生了些什么事？这个游乐场又有什么故事？蒋怡又为什么要写这样的信约自己去游乐场？自己到底有没有赴约？这些问题通通没有答案。

想到这里，朱迪拿出了电话准备再给李伟打一个，问问他是否知道自己与蒋怡之间之后发生的事情。

然而，没有任何意外地，李伟的电话就跟在外太空似的，依然无法接通。

“这兄弟是拉登大哥吗！手机藏在密闭保险柜里屏蔽信号，怕人跟踪啊？”朱迪骂骂咧咧地说了一句后，起身拿起衣服，揣上了在家没看完的几封情书和那封没有邮戳的信，决定杀去李伟家当面询问他。

在车上看了又一封情书的时间，朱迪到了李伟家所在的小区。

然而悲剧的是，朱迪敲了半天门之后，屋里依然鸦雀无声，根本没有人应声！

“真是服了！电话不通，人也不在！”

无奈之下，朱迪决定在李伟家门口等着，今天无论如何都得逮着他人，把事情问清楚。

朱迪也顾不上地上脏不脏，直接靠着房门席地而坐，并拿出了没有看完的情书，边看边等。

看了几封情书后，朱迪抬起头来活动了活动脖颈，又拿出手机看了眼时间，已经等了快一个小时了。

走到楼梯间的窗边抽了根烟后，朱迪回到房门口坐下，继续翻看。

突然，情书中的一行字吸引了朱迪的注意！

“当全城笼罩在烟火中时，真相自然大白。”

朱迪口中喃喃地反复念叨着这句话，思考着话语中的意义。

烟火？北京在近几年中，一直排在全国雾霾城市的前几名，居高不下，六环以内都已经禁止燃放烟花爆竹了，哪儿还有什么烟火啊？！

更不用提什么全城笼罩其中，简直是天方夜谭！还不如说是全城笼罩在雾霾中！

朱迪反复在心中琢磨着有什么样的时间点是可以燃放烟火的。是新年或者国庆时的国家型庆贺，还是如奥运会那般的重大事件？

正在琢磨不定时，朱迪突然一惊，脑海中蹦出了他之前经历的两场火灾。

烟火、火灾，这两者会有关联吗？

这个问题在脑海中转了几圈之后，朱迪突然从地上一跃而起，大踏步地奔着楼下走去。

好不容易找到了点可能的线索，早已被各种事件搞得焦躁无比的朱迪，此刻再也无法安心等待下去。李伟的家正好离上次跟踪到的朱父家所在的小区不远，朱迪必须立刻过去看看才能安心。

下了楼后，朱迪一路奔跑了大概十几分钟，凭借着记忆终于跑到了朱父家的街道口，再拐个弯就能到了。

一直奔跑的朱迪在路口停了下来，双手扶住膝盖狠狠地大口喘息着。

喘息了一分多钟，朱迪直腰站起，顺了顺被风吹散的头发，整了整衣襟，再次迈步朝前走去。

然而刚一拐弯走进小区，朱迪却定在了原地，呆愣无比地看着前方，满眼的不可置信。

小区里，朱父的家莫名其妙地消失不见了，没有了高楼的掩映和交错的人行道，只剩下了一条直路。而在直路的尽头，一座游乐场就那样活生生地矗立在那里。

朱迪有一瞬间的错乱，他以为自己走错了地方，于是转身又顺着来路走了出去。

然而当朱迪走出去后，再回头来看，小区的铭牌明明还挂在那里。环顾四周，朱迪还看见了那晚从火场中抱出父亲后，自己坐过的花坛！

没有错！周围的一切场景都在证明着，朱迪并没有找错，这就是自己父亲居住的小区！

自己没有错，可父亲住的那栋楼怎么会无端消失？那么大的一个游乐场，怎么可能会在几天的时间里凭空出现？

想来想去，都没有答案，朱迪决定亲自走过去看看这个游乐场到底是怎么回事。

迈步走到了游乐场门口，朱迪并没有发现售票的地方，于是就继续朝前走了进去。

游乐场很大，一眼望不到尽头，各种游乐设施看着也挺齐全。然而走着走着，朱迪突然发现不对劲，很不对劲！

他的周围虽然达不到人潮汹涌的地步，但是也绝不乏来回走动的人群，并且游乐设施也都开着，看起来上面也都有不少人在玩耍。

然而，他却感觉周围很静，静得除了自己在走动时发出的衣服摩擦的声音之外，再没有听到其他的声音。

为什么游乐场里如此的安静？

看着周围三三两两说笑的人群，稍远处还有刚从海盗船上下来，似乎是受到了惊吓正在张嘴大哭的小孩子，朱迪越发觉得奇怪。

环顾四周，朱迪再次迈开脚步，冲着不远处的一个小吃车走去，想试试能不能问出些什么。

然而，当朱迪站定在小吃车前，冲着小贩说话时，对方却并没有回应他。

“你好，你好？哎，师傅，你这个多少钱啊？”朱迪反复呼唤了很久，甚至伸出手来在对方眼前虚晃了几下，却依然没有得到回应！

无奈之下，朱迪只好走到旁边的休息区坐了下来，皱眉看着眼前这个充满诡异的游乐场。

他听不到周围的声响，跟别人打招呼别人也不搭理他。继而朱迪又想到，一路走来似乎跟任何人都没有过眼神的交集，就好像他是透明的，是一个绝缘体一般！

这到底是怎么了呢？

正当朱迪疑惑不解之时，迎面却看见一个女人看了他一眼后，朝着他所在的方向走来。

看到终于有人是能跟自己眼神有交集的，朱迪激动地站起来，不管三七二十一迎了上去，准备跟她说说话，问一问这是怎么回事。

谁知还没等朱迪开口，这个陌生的女人就一把抱住了他，并且声音里带着激动的哭腔说道："太好了，小迪，我终于找到你了！你可知这五年来，我有多么地想念你！"

朱迪猛地一下被抱住后，整个人就僵硬得愣在了那里。

那一瞬间的触碰让朱迪有着发自内心的悸动，很陌生的感觉，但是内心中依旧有着另一道声音在告诉朱迪：不能放手！这是自己渴望了很久很久的事情，这个人，一旦让她离开，或许会是自己追悔一生的事情。

这是很澎湃的悸动，但当这种汹涌的感情渐渐归于平静之后，朱迪的心中却越发升起不适来。

自己并不认识这个女人，听她说来，似是五年未见，可是朱迪翻遍了自己所有的回忆，不要说五年、十五年、二十五年，自己似乎都没有见过眼前的人。

又是某个故人如记忆错乱一般出现在自己面前吗？

又或者说，是谁又死而复生了？

可是前面的经历，诡谲也好，惊恐也罢，朱迪好歹都有些印象。唯独眼前的人，丝毫片段，丝毫印象都没有！

女人说完话后，看朱迪半天没有什么反应，就松开他后问道："小迪，你怎么了？怎么不说话呢，难道你看到我，不开心吗？”

朱迪听到女人的问话后，渐渐回过了神，随即开始在心里思考她话中的意思，思考她是谁。

五年，五年……如果说前几天的朱迪还意识不到这两个字的含义的话，那么经过与李伟聊天后的这几日，他的脑海中瞬间就反应过来，眼前这个自己看起来无比陌生的女人，或许就是他一直在寻找的女朋友——蒋怡！

“蒋……小怡，是你吗？”朱迪有些结巴地问了一句。

“不是我还能是谁？你个傻瓜！”蒋怡有些娇嗔地回了一句后，就又抱了上来。

有了上一次经验的朱迪，这一次并没有愣住，但却不自觉地皱起了眉头，并且也没有回抱蒋怡。不知道为什么，面对蒋怡的拥抱，他不单没有心动和开心的感觉，甚至还有那么一点点的抵触。

蒋怡却没有管那么多，而是非常兴奋地拉着朱迪坐下，攥着朱迪的手，一直在诉说着相思。激动时，还落下了几滴眼泪。

朱迪看着蒋怡的嘴在一开一合地说着话，却逐渐地有些神游太虚，就好像面前坐着的是一个陌生人，说的话也是与自己无关，不怎么感兴趣一样。

但同样的，那股悸动再度涌上了自己的心头，在自己麻木的内心中不断地澎湃，不断地悸动，仿佛见到这个人，就已经成全了自己许多年的梦想一般。

全天下的柔情共十分，你占八分，你喊了我的名字那晚的凉风秋月占一分，其余所有占一分。

直觉告诉朱迪，眼前的这个人，对自己很重要，很重要！

“小迪！你到底有没有听到我说话啊！难道五年过去，你已经不再爱我了吗？难道只有我一个人还在坚守着我们之间的誓言吗？”蒋怡看到朱迪见到她后一直都沉默不语，说着说着又哭了起来。

“没有！我一直在找你，也没再交往过任何女朋友。”朱迪一看蒋怡这个样子，瞬间觉得自己这样有些过分，赶紧说了一句。

“我就知道你不会变心，我就知道你不会不爱我！”蒋怡破涕为笑，抬起一双泪眼，带着期盼地看着朱迪。

朱迪一时之间只觉得尴尬，不知道该如何接话，只好岔开话题问道：“你能告诉我，五年之前你为什么会不辞而别，消失得无影无踪吗？”

蒋怡听到朱迪的问话后，低下了头，神色有些黯淡地说道：“对不起，小迪。突然找不见我，你那时一定很痛苦！可你要相信我，我也不想如此的！”

说着，蒋怡抬起了头，目光迷蒙地陷入了回忆。

“五年前，我一个人在外地出了一场很严重的车祸。车祸之后，我一直昏迷，甚至是生命都几次游走在鬼门关的边缘。直到差不多半年左右的时间，我身体的各项机能才逐渐稳定，开始缓慢地恢复并好转。”蒋怡一边说着，一边紧了紧攥着朱迪的手掌。

“好不容易从鬼门关捡回了一条命，身体机能也康复，趋向正常水平，我却依旧没有醒来。就这样，我在床上躺了将近两年，人才清醒过来。然而，老天爷就好像不想让我好一样，当我醒来我才发现，我失忆了……”蒋怡有些痛苦地笑了一下。

“失忆？你是说你车祸之后，失忆了？”朱迪一听见失忆这两个字，有些敏感地问了一句。

“是的，我失忆了，但并不是全部。我知道我是谁，也能断断续续记起一些事情，但很混乱，又很模糊。而最关键的，我并不记得你，我的脑海里也没有你这个人！”蒋怡说着，抬起头来看了一眼朱迪。

“在那之后的三年里，我一个人好像孤魂野鬼一般跟随着记忆走过了很多地方，试图将那些散乱的片段拼凑起来。因为虽然记忆恢复，但我总觉得自己忘记了一件很重要的事情，忘记了一个对我很重要的人！所以，不管再怎么辛苦，再怎么孤独，我都坚持了下来！”说到这里，蒋怡抬起右手抚上了朱迪的脸颊，微笑着流下了眼泪。

“还好，皇天不负有心人，我所做的一切都没有白费！我终于想起了你，终于找到了在我生命中不可或缺的你！”蒋怡说着说着，终于忍不住失声痛哭起来，好像要把这些年所受的苦和委屈全部发泄出来一般。

“小迪，你知道那种感觉吗？那种仿佛被世界抛弃的感觉，那种被遗忘的记忆捉弄的感觉，它无时无刻不在提醒着我，我忘了什么，但却无法追忆起来，那种感觉，真的要把我折磨疯掉了！是的，疯掉的感觉，那段时间，我精神恍惚，甚至神智错乱，我想过所有我能用到的方法，去查医院记录、去找寻一切能找到的网络信息。可是费劲了心思，我能够找到的，始终都只是些只言片语，一些错乱，甚至是混乱的信息，那是发自内心的崩溃。甚至在某一个瞬间，我都动过自杀的念头。那段时间，我整个人的生活都是黑色的，但是小迪，小迪！我坚持下来了，我从那种状态下坚持下来了！我甚至咨询了心理医生，我开始积极地配合医生的治疗，真的，当我的记忆开始理顺的那一刻，我由衷地觉得，生活没有放弃我，我还可以继续生活下去。渐渐地，我能够记起来的事情越来越多，直到……直到最后，我也能记起来你。小迪，你能理解我的感受吗……”

说到最后，蒋怡已经彻底泣不成声。

实话说起来，朱迪并不能完全理解面前这个看起来很亲切、实则又带着些陌生的人。但是就像她说的那样，那种记忆支离破碎的感觉，那种现实和记忆的冲突，那种仿佛记忆在捉弄一切的感觉，朱迪也是深有感触。

同病相怜吗？还是说，自己和她一样，眼前的人真的曾经很熟悉很熟悉，只不过是命运的捉弄，让自己把她给……给忘了？

朱迪看着眼前哭得梨花带雨的蒋怡，一双原本明媚带笑的大眼睛此刻却红肿不堪。单薄的肩膀，在这已经带有初秋凉意的风中不住地颤抖，带着肩头的秀发来回摆动。原本抚摩在自己脸颊的青葱玉手早就已经滑落，此时正指节泛白地死命拽着自己的衣角，仿佛在拼命克制着自己。

这样的蒋怡，让朱迪忍不住在心中产生了一丝怜惜。原本心中有诸多疑惑想要询问，可此时此刻却觉得，如果现在问出口，那自己还挺不是人的……算了，反正也不差这一时半会儿的，以后再说吧。

强压下心中的陌生感，朱迪抬起手来擦去了蒋怡脸上的泪花，伸手将她揽入了自己的怀里。

靠在朱迪肩头的蒋怡终于开心地笑了。

只是这笑容，不知怎地有一种说不出的怪异之感，而朱迪并没有看到。

略微等蒋怡平复了一下激动的情绪，朱迪拉着她站起，抚摩着蒋怡柔顺的长发，轻声开口说道："蒋……小怡，别哭了，我就在这里，又不会跑，说起来好些年没有在游乐场玩过了，我们就当是……嗯，就当是弥补这些年错过的时间，好不好？旋转木马，玩不玩？"

蒋怡眯着眼睛笑了笑，点着头随朱迪站了起来："好啊，你说的，我都喜欢。"

蒋怡很高兴地答应着，还拉着朱迪的手奔着远处的旋转木马走去。

然而，就在两人快到旋转木马时，蒋怡手机上的闹铃却响了。

关掉闹铃后，蒋怡伸手摸了摸红肿的眼角，忽地嘟起嘴来，看向朱迪说道："小迪，我饿了！咱们先去吃饭吧，既然已经找到你了，那么我们以后要好好相处，好好地弥补这些年错过的时间，好好地……"

正说着，蒋怡眼角的眼泪就止不住地流了下来。

不好意思地一笑，蒋怡擦了擦眼泪继续说："你看我，今天怕是想要把这些年攒下来的眼泪全都哭出来。好好的，见到小迪了，我应该高兴才对！"一边说着，蒋怡一边摇晃着朱迪的衣角，"小迪，我真的饿了，去吃饭嘛！又不急着今天，游乐场就在这里，反正跑不了。"

"这么急？刚刚才说好的，要不我们玩一会儿就去吃饭？"

朱迪看着就在眼前的旋转木马，觉得不差这一会儿时间，就劝说了一句。

可蒋怡无论如何都说要去吃饭，拉着朱迪就往外走。

朱迪无奈一笑，也跟着蒋怡走出了游乐场。

就在朱迪和蒋怡刚出游乐场时，游乐场的旋转木马附近，一个女人正神情紧张地四处张望着，好像在寻找着什么……

当天晚上吃完晚饭后，经过一整天情绪大起大落的两人都觉得有些疲惫。尤其是朱迪，今天一天得到的信息量简直快要撑破自己的脑袋。

所以，说了几句知心话，约定好再次见面的时间后，朱迪就送蒋怡回了家。而他自己也是回到家后，倒头就睡。

再次见到蒋怡时，两人就好像平常的情侣一般，逛街吃饭看电影，典型的情侣套餐。

吃完饭离电影开场时间还早，朱迪就提议到影院旁的咖啡厅坐坐。喝点东西聊聊天，打发打发时间。顺便，也可以就之前发生的事情问一问蒋怡，朱迪如是想着。

点好东西后，两人寻了一个比较僻静的位置坐下。刚一落座，朱迪就迫不及待地开了口。

“小怡，其实我在半个多月前，也出了一场车祸，就在我赶往同学聚会的路上。当时李伟他们说你会来，我就很着急地赶过去，谁知在半路上出事，就此错过了。”

听到车祸两个字的蒋怡，神色明显一紧。

“所幸车祸不是很严重，我也没有什么大碍。醒来后问起你，谁知李伟说你也并没有去。”朱迪喝了一口咖啡后，有些感慨地说道。

“啊……我那天临时有事没能过去。后来电话又丢了，一时之间也没法联系上老同学，也就不知道你出事了。”蒋怡看似随意地回了一句。

“可我刚一醒来没多久，就又昏过去了。再次醒来做身体检查，医生却说我身体非常健康，什么毛病都没有。可没有毛病怎么会晕倒？而且自那之后我周围发生了好多奇怪的事情！”朱迪说着说着，语速快了起来。

“应该是你车祸之后精神一直高度紧张，所以才会出现晕倒的状况吧！小迪，咱们国家现在的医疗水平挺好的，既然检查了没问题，那就是你身体好着呢！”蒋怡打断了朱迪的话，用肯定的语气说道。

“不，你不明白我最近身边都发生了什么！你还记得跟我一届的张涛吗？那会儿我和他还有李伟三人总是混在一处，堪称管院儿三剑客！可毕业后没多久，他就生病去世了。你还记得吗？可我却在第二天补办的聚会上，见到了他！”

蒋怡听到朱迪的话后，明显一愣，然后扑哧笑了一下说道：“张涛最近是不是得罪你了？人家明明活得好好的，怎么就去世了？你们三个呀，就跟小孩子似的，一句话不对付就急眼掐架。完事儿好的时候，又跟橡皮糖似的，黏黏糊糊，我看着都吃醋！”

“不可能！我明明记得在张涛的葬礼上，我还致辞来着！那么清晰的画面，我不可能记错！”朱迪一口否认了蒋怡的说法。

“小迪，你真的记错了！我们是去参加过同学的葬礼，但不是张涛的啊！你要不信，可以问问你的好兄弟李伟。肯定是你记错了！”蒋怡摆了摆手，完全当作朱迪在说笑。

“我问了！”朱迪有些激动地回应道，“当天李伟也在，我就把他拉到一边问的。可谁知刚问完，我就又昏倒了……”

蒋怡拍了拍朱迪的手，用温柔又缓慢的声音说道：“别激动，别激动！你看，你都说了李伟也在旁边，总不能你们一起见鬼了吧？你出了车祸，虽然身体上没什么大碍，但你刚醒来，头脑有些混乱是正常的，好好休息一段时间就会好了。”

朱迪听着蒋怡的话，眼神不禁有些迷茫起来。难道真的是自己受到了惊吓，所以记忆出了岔子？！

不对，不对！如果真是如此的话，那又怎么解释母亲死而复生的事？怎么解释自己又是爆炸，又是坠楼，却毫发无伤的事？

坐在朱迪对面的蒋怡，看着朱迪陷入了思考中，眼神一会儿迷茫混沌，一会儿却又清晰明朗，赶紧有些担忧地晃了晃他。

回过神来的朱迪突然一把反握住蒋怡的手：“如果说张涛的事情是我记岔了，可那之后本已在四年前葬身火海的我妈，却活生生地出现在我面前，并且一直与我生活在一块。而且，我去上班之后，遇见老汪绑着炸药来公司讨说法。情急之下，我抱着他跳下了楼。他死了，我却毫发无伤，警察在验尸时还发现了写着你名字的我的照片。还有我爸……”

听到这儿，蒋怡再次打断了朱迪的话：“小迪，你妈妈的事情，我没有经历过，所以我也不知道具体是怎么回事。可是我想，既然之前张涛的事儿你都能记错，而且阿姨现在也跟你一起生活着。那么，有没有可能，也是你记忆出现了错乱呢？”

蒋怡避重就轻地说了一句之后，没给朱迪说话的机会，就又继续说道：“老汪的事情，我也听说了。至于你的照片，你听我给你解释。”

蒋怡一边说着，一边抬头又有些泪眼蒙眬地看着朱迪：“你也知道我之前失忆了，好不容易恢复记忆后，却发现已经过了将近五年的时间。五年啊，我不知道你这五年过得怎么样，不知道你是否已经有了新的生活，不知道自己究竟还该不该来找你……你知道什么叫近乡情怯吗？我很害怕，也很困扰，所以在找到你之后，我一时之间也不知道自己该怎么做。”

说到这里，蒋怡低头擦了擦眼泪后，又继续说道：“所以，我辗转雇用了老汪，让他帮我拍一些你生活中的照片。一方面，我很想念你，即使不敢见你，有照片也能一解相思之苦；另一方面，也是想从侧面了解一下你现在的生活，了解一下……你身边是否已经有了新的……爱人！”

朱迪听到蒋怡的话，有一瞬间的震动。也是他最近身边发生的怪事太多，导致他已经有点儿被迫害妄想症了，完全没有想过是蒋怡所说的这种可能性！

“小怡，让你受苦了。”朱迪抬起手来，摸了摸蒋怡的脸。

感受到朱迪的抚摩，蒋怡也抬手附在了他的手掌上，心满意足地笑着说道：“不苦，能跟你在一起，就不苦！小迪，你要相信我，相信我爱你的心！”

朱迪有些发愣，嘴上也没什么回应，因为毕竟两人已经有五年没在一起，且朱迪对两人的记忆也不太完全，所以一时间竟不知道该如何回应。

蒋怡也不甚在意地笑了笑，低头看了看时间说道：“好了好了，打咱俩见面就总是感觉跟拍苦情戏似的！不说这些不开心的了，电影要开场了，咱们走吧！”

朱迪听到蒋怡的俏皮话，也暂时将烦恼抛诸脑后。刮了一下蒋怡挺翘的鼻梁，拉着她朝电影院走去。

第九章　爱情与灵药

与蒋怡再次相遇后，朱迪的生活似乎开始慢慢变得正常起来。虽然还是无法完全记起他与蒋怡之间过去的点点滴滴，导致他对蒋怡的感情并没有蒋怡对他来得那么强烈。

但蒋怡人本就长得漂亮，又对他非常的关怀体贴，朱迪也就渐渐地放下了最初的距离感与陌生感，开始用更加积极的心态去面对蒋怡。

度过了一个轻松愉快的周末之后，迎来了对上班族们来说，无比苦逼的星期一。

由于车被返厂大修，朱迪破天荒地坐了一次地铁去上班，算是彻底见识了一把帝都的人潮汹涌和上班族们“立式睡眠”的神奇能力。

“朱总早。”

“嗯，早啊。”

朱迪最近的小日子过得比较滋润，心情也不错，所以非常和蔼地回了前台小姑娘一句。

结果，朱迪这一笑不要紧，却把站起来打招呼的小姑娘雷得不轻。直到朱迪已经走远，都还不记得坐下。

“这是……吃错药了？！”小姑娘自言自语了一句后，立刻噼里啪啦地在公司的八卦群里打起了字。

“重大新闻！重大新闻！阎王朱今天不知道是不是中了头等彩票，心情巨好，还笑着跟我打招呼了！”

“他也跟我笑了！为什么看见他笑，我总是背后一阵恶寒呢？不行，我得去抽根烟压压惊！”

“一起一起！我看见他一路笑着过来的，走路都带风啊！”

“业务部，你们的春天，终于来了啊！”

“对啊！之前的活动方案一直没过，每次被驳回都甩我一脸血。一会儿我再去一趟，指不定赶上点儿了，这次的大案福利能被plus成出国游呢？！”

“加油，我们的幸福生活就全指望你了！”

“阿门，我在远方为你祈祷！”

“维密新款比基尼已下单……”

“哈哈哈哈——”

……

因自己的一“笑”激起千层浪的主角朱迪此刻却无暇理会外面的热闹，而是瞪大了双眼，看着正坐在自己办公室的美丽女人——蒋怡。

“小怡？瞧我这记性，我都忘了现在你来我们公司上班了！你也不提醒我，我好去接你，咱们一起过来嘛！”朱迪坐下后，看了看桌上放着的早餐，心中一暖。

蒋怡温婉地笑了笑，捋了捋垂落的发梢，柔声说道：“干吗要你来回折腾，那么累！早高峰堵车那么严重，我自己能行。”

“哈哈，就知道你心疼我！”朱迪扬了扬脑袋，一脸骄傲地说道。那表情和神态，就跟二十岁刚出头的小伙子陷入热恋中时的模样一般无二。这要让外面那群人看见，估计得集体惊掉了下巴！

“就贫嘴有你！赶紧吃早饭吧，一会儿该凉了。吃完饭也好把药吃了，不然容易对胃不好。”蒋怡一边说着，一边拿出了一个小药盒放在桌上。随后又起身走到茶海处，烧了一壶热水端了回来。

自从上次两人在咖啡厅聊完天后，两人算是解开了一些心结。虽然朱迪心中依然有很多疑惑，但一直也没找到合适的机会再次询问。

看着蒋怡摆在自己面前的药盒，朱迪脸上却尽是疑惑的表情。

“小怡，这药是怎么回事？我好端端的，没病没灾，吃什么药啊？”

蒋怡端着杯热水，温婉含笑地走到朱迪面前，将水杯和药盒推到他面前，才开口解释。

“小迪，你忘了之前我说的了吗？我先前失忆了之后，也去咨询过医生，积极地配合医生治疗，当时服用的就是这种药物。我询问过医生的，这是国外最新推出的特效药物，对于治疗记忆恢复这方面很有效果，而且几乎很少有副作用。你和我讲了你现在的状态之后，我就觉得这种药物会适合你的。”

蒋怡虽然这样说着，但是朱迪的眉头还是不由自主地皱了起来，国人天性本身就是这样，朱迪也是，多少有些讳疾忌医的心理。况且自身的症状本身就没有一个确定的诊断，就贸然胡乱吃药，朱迪总有一种心里没底的感觉。

看到朱迪的反应，蒋怡不由得把嘴嘟了起来。

天大地大，女朋友最大。

朱迪也只好堆着满脸的笑，凑到蒋怡身旁：“小怡，不是我不相信你，只是我的状况到现在还没有一个准确的诊断，是不是失忆都没法说。

况且就算是失忆，物理性质的病因和神经性质的病因，治疗方式也肯定不一样嘛，你的心意我是知道的，但是……”

话还没说完，蒋怡忽地转过身去，不再搭理朱迪。朱迪尴尬地停在这里，继续说也不是，不说也不是，正愣神的工夫，忽然发觉身旁的蒋怡肩膀微微耸动，再看过去的时候，已经听到了蒋怡的哭声。

“小怡，好好的，你又哭什么？”

“朱迪！”再见面以来，这还是蒋怡第一次这样喊他，“你知道吗？找到你之后，我一直很开心，但是我也很害怕，很惶恐，现在我们能这样坐在一起，是你相信我，但是我想要让你也记起我来，想起曾经有我的记忆来，而不是面对一个忽然出现的陌生人！我希望看到的不是像现在这样，只是你无端地迁就我，而是那个曾经我记忆里，喜欢我、宠着我，和我一起度过了那么久时间的小迪重新回到我身边……”

说着，蒋怡又泣不成声起来。越是和她接触的久了，朱迪实则也越能理解蒋怡的这种心态。

就像他看到张涛，看到李伟的前妻，看到自己的父亲、母亲一样。

找寻不到是一种痛苦，而找寻到之后，发觉眼前的人已经与记忆之中不同，也是一种痛苦。

车祸过后，这样诡谲的时间，他也不过是度过了短短几天而已，而这样错乱，甚至是光怪陆离的生活，蒋怡却度过了几年之久。

几年，朱迪甚至在想，如果是自己，这些年的时间过去，是不是也会被逼疯掉，是不是也会想过自杀，是不是也会有些神经质。

而朱迪也能够想到，为了找到自己，面前这个熟悉的陌生人，到底吃过多少苦。

甚至朱迪都在遐想，曾经的自己和蒋怡一定很恩爱很恩爱吧，蜜里调油的那种，才会让蒋怡现在如此痛苦。

这是像中枪一样的感觉。

我们确实活得很艰难，不仅要承受种种外部的压力，还要面对自己内心的困惑。

在苦苦挣扎中，如果有人向你投以理解的目光，你会感到一种生命的暖意，或许仅有短暂的一瞥，就足够让你感奋不已。

伸手轻轻拍着蒋怡的肩膀，朱迪都不自觉地将声音变得柔和起来。

"小怡，是我不好，害得你又哭了，药我吃，说不定就对症了呢？说不定过不了多久，我的记忆就会梳理清楚，就会想起我们的曾经来，就会记起我当初多么爱你，好不好？"

啜泣的声音渐渐小了下去，蒋怡转身的时候，正好看到朱迪服水吞药的动作，阴翳的心情也变得好了许多，蒋怡轻轻地靠在朱迪的肩膀上。

"小迪。"

"嗯？怎么了？"

蒋怡忽地扑哧笑出声来。

"刚刚安慰我的时候，小迪你说的话真肉麻！"

说来也是佳人在侧，朱迪这些时日慌乱的心情也好了许多，听到蒋怡的笑声，不由得伸手抚摩着蒋怡柔顺的长发，嘴角也露出促狭的笑容。

"那……小怡，你喜不喜欢，喜欢的话我以后都这么肉麻好不好？"

蒋怡闻言却故意挣脱出朱迪的手掌，转头正好看到朱迪嘴角的那抹笑意。

"好啊，小迪，你调戏我！"

说着，蒋怡的粉拳尽数落到了朱迪的身上。

欢声笑语传出办公室，大小职员都面面相觑起来。

随后蒋怡隔几天会给朱迪吃一次药，而吃了两三次之后，朱迪也确实觉得整个人变得轻松了不少，也很少再胡思乱想了。整个人好像恢复了青春活力一般，连待人接物都变得爽朗了不少。

只是偶尔不跟蒋怡在一起时，朱迪会有一瞬间的迷茫。总感觉对一件事情好像会有两种记忆，而自己却分不清真假。不过，在吃过药之后，就又恢复正常了。

“对了，小怡。你那会儿怎么会去精神病院接我爸啊？而且，我爸什么时候变成我们公司老总了，还聘了你来公司。”朱迪一边吃着早餐，突然想起了当初是怎么发现蒋怡也在自己公司工作的，遂张口询问了起来。

“什么乱七八糟的，怎么又扯到精神病院了呢？而且，你爸不是本来就是老总吗？难道你忘了吗？五年前，就是因为你爸不同意咱俩在一起，觉得门不当户不对，我才会自己一个人去外地散心的！再说了，你爸一直那么讨厌我，根本就不肯见我。我都不认识他，去哪儿接他啊！”蒋怡一听到朱迪的问话，就立刻噼里啪啦炮语连珠地说了起来，通顺得就跟事先排演好的剧本一样。

说完之后，蒋怡又有些急迫地推了推小药盒说道：“你就别总胡思乱想了！你的病还没好完全，赶紧把药吃了吧。吃完药眯一会儿，慢慢就好了，乖！”

朱迪在听到蒋怡说她不认识自己父亲的时候，忍不住皱起了眉头！

这明明就是不久前发生的事情，而且之后又经历了朱父葬身火海的那一幕，朱迪不可能在这么重要的经历上记错！

与朱父的争执，朱父不记得自己，跟踪他一直到家却意外发现火灾，自己茫然痛苦夜宿公园等，都是那么真实又深刻的经历。这些怎么可能都是记忆错乱？！

而这一切发生的起源，就是从蒋怡把朱父打精神病院接走时开始的！

蒋怡她怎么可能会不认识我父亲呢？！

难道，是她在说谎？！

想到这里，朱迪猛地抬头看向了蒋怡，却发现蒋怡正一手拿着茶杯，一手拿着一粒药丸，冲自己走了过来。

朱迪看了看她，笑了一下，就把着蒋怡的手把药吃了下去。

没过一会儿，朱迪感觉困意来袭，就趴在办公桌上睡着了。

“小迪，我都是为了你好！”蒋怡轻声说了一句，随后从衣架上拿起朱迪的西服为他盖上，离开了办公室。

“咔。”随着门锁的响起，本应睡着的朱迪却睁开了眼睛。

深深地看了一眼房门，朱迪从舌根下拿出了那粒药丸，扔进了垃圾桶里。

下班后，朱迪和蒋怡一起吃了一顿晚饭后，就以自己身体困乏为由，早早送蒋怡回了家。

蒋怡心中知晓，这是吃了药之后的反应，所以不疑有他，还嘱咐朱迪早些睡觉。

整整一天，朱迪都没有再提起跟自己父亲有关的任何疑问，有意想要看看给自己吃过药后，蒋怡的态度和反应。

如猜中一般，蒋怡就好像什么也没有发生过一样，只字未提。甚至到中午时，都以手头还有工作为由，拒绝了跟朱迪一起吃午饭。

就好像怕朱迪再次想起什么，而刻意回避开了一样。

晚上回到家后，朱迪坐在书房里，越想越觉得不太对劲。

蒋怡一定是认识朱父的，但她却对自己撒了谎，她这么做是为什么呢？

自己一问起朱父的事情，蒋怡就迫不及待地要喂自己吃药。并且，从蒋怡的反应来看，似乎只要自己吃了这药，就不会再去问她之前的问题。

朱迪有些费力地回想着之前几次吃药的经历，虽然越往前的记忆越模糊，但他还是发现，似乎每次蒋怡喂他吃药都是因为他脑海中的记忆与现实的经历有些不一样时。

并且，朱迪突然惊恐地意识到，随着吃药的次数越来越多，他已经开始在某些记忆上分不清真假，模棱两可了。甚至是有些他明明潜意识里觉得之前好像有所不同，却始终无法说清不同在哪里！

蒋怡给自己吃这些药，是想要阻止自己回想出两种记忆，而产生疑问，继而去追问她？

那她为什么要阻止自己呢？她又有什么目的呢？

蒋怡说是为了自己好。虽然最近确实过得比较轻松，而蒋怡也没有害过自己，相反还对自己很好。但如果就这样浑浑噩噩、不知真假地过一辈子，那又跟一个傻子有什么区别？！

蒋怡……蒋怡……朱迪无意识地在纸上反复写着这个名字，胸中有种说不上来的憋闷感。

想到好不容易刚趋于正常的生活，其实根本就是一个假象，朱迪忍不住无比的烦躁。连带着，还有一种感情被背叛的感觉。

差一点，只差那么一点，自己就彻底相信蒋怡了，相信她曾经那么地爱自己，相信自己曾经也是爱她的，一切都在往最美好的地方发展着。生活归于平静，甚至收获了自己已经“失去”的爱情，可为什么，一转身，这些都是假的。

她，蒋怡，到底为什么要这样做！

好不容易抚平心绪后，朱迪决定先暂时不去询问蒋怡关于药丸的事情，而是继续假装，暗中观察。

日子一天天过去，转眼已进入十一月，天气也慢慢凉了下来。

朱迪最近的日子实在是过得很疲惫，犹如冰火两重天，充分考验了他的体力、耐力，还有演技！

一方面，每次蒋怡喂他吃药，他都得乖乖地在蒋怡的眼皮子底下把药吃了，不能让她起疑。然而并不是每一次吃完药，两人都会分开，害得朱迪只能一直将药藏在舌根下面。

估摸着时间差不多了，不会引起蒋怡怀疑了，再起身借口去厕所把药吐了。

另一方面，随着药物的“深入”，朱迪必须时刻保持着犹如智障一般的花痴，浓情蜜意决不能少！这让已经步入三十岁大关并且一直以“阎王”著称的冷面工作狂朱迪，很是煎熬！

他甚至已经在私底下听到同事们纷纷议论，“阎王朱”要改名“花痴朱”了。

更让朱迪坐不住的是，蒋怡已经开始朝他“逼婚”了！

事情还得从“光棍节”那天说起。

白天在电脑上血拼了一天的蒋怡，提议晚上一起看看电影，安排点节目什么的，也好让自己多拍点照，以便在朋友圈里虐虐狗神马的。

已经装了一天花痴的朱迪，实在是无法再忍受这种虐待，就以“请善待单身狗”为由，建议吃吃饭就行了。

谁知蒋怡非常坚决地一口回绝，朱迪也只能认命奉陪。

吃了一顿非（没）常（少）浪（花）漫（钱）的烛光晚餐之后，朱迪被蒋怡拉着去看了一场缠绵悱恻的爱情电影。

因为是2D的电影，所以蒋怡买的是最后一排的电影票。美其名曰，这样视野好，也能让她的大长腿不那么窝得慌……

电影看到一半的时候，蒋怡慢慢将头靠在了朱迪的肩膀上，声音有些细微地说道："小迪，要不……我们今天晚上，不回去了吧……"

"你说啥？"朱迪确实有些没听清地问了一句。谁知，一扭头嘴唇却正好碰上仰面等待朱迪回应的蒋怡的鼻尖。定了两秒，朱迪赶紧回正身子，心跳不禁有些加速。

因为对蒋怡的有所隐瞒，朱迪心中一直扎着根刺，所以这些天即使没发现蒋怡对自己有什么坏心眼，但也都一直刻意回避着与她的亲密接触。

"扑哧！"蒋怡看到朱迪的动作就像个情窦初开的小男生似的，忍不住笑出了声。

"小迪——"蒋怡一边说着，一边抓起了朱迪的手掌摩挲了起来，"你还记得那时候，每次你出差回到家，都会不由分说将我拦腰抱起，在我耳边诉尽相思。这一次，换我出了五年的差，难道你不想我吗？"说着还在朱迪的耳畔落下了轻轻一吻。

听着蒋怡的话，再感受到她的肢体接触，朱迪的脑袋一瞬间轰地一下就有点上头了。

说实话，朱迪并不记得蒋怡说的那些事，但是这也不妨碍他的雄性本能在逐渐沸腾。

更何况，此前因为一直对蒋怡念念不忘，当了将近五年的"柏拉图式恋人"，还荣获同学们颁发的"金裤衩"奖。现在猛地一被撩拨，欲望立刻被唤醒，蠢蠢欲动了起来。

眼前，被光影衬托的蒋怡，红唇越发地娇艳欲滴。微微抬起的颈项，线条紧绷着，一直向下延伸，却被紧紧系着的最上一颗衬衫纽扣阻挡，只能在扭动的间隙隐约瞄到一点尽头处精致的锁骨，带着一种说不出的禁欲般的性感，让人忍不住想要扯掉那碍事的纽扣，继续往下探究。

朱迪不自觉吞了一下口水，顺着眼神继续往下看去。一对圆润饱满的酥胸被包裹在衬衫之内，既不会过分丰满，仿佛时刻都要撑爆衣襟汹涌而出，又充满了女性所独有的柔软。

朱迪握了握拳头，不停地跟自己默念：要冷静，要冷静！可那盈盈一握的小蛮腰，又在不断地刺激着朱迪的神经。本就纤细的腰身，被黑色的高腰短裙紧紧束缚在里面，看不到一丝赘肉。紧跟着，没有一点儿征兆的，两条舒展的大长腿就闯入了朱迪的眼帘。

蒋怡今天穿了一双黑色过膝麂皮长靴，从脚踝处一直紧紧包裹到大腿中部，不用摸都知道充满着弹性和紧实，散发着浓郁的野性美。紧接着，在长靴与短裙之间，白花花的大腿就那样裸露在空气中，细致白嫩。

这样的视觉冲击，让朱迪忍不住从喉咙处发出了一声极低的压抑低吼，不小心咬了一下舌头，却使大脑一瞬间恢复了一些清明。

人在很多时候会跟随本能的驱使，这本能让朱迪有些压抑不住身体的欲望。但同样，也是这本能一直使朱迪无法完全信任蒋怡，进而抵触更进一步的身体交融。

朱迪压下了慌乱，好不容易把电影看完。谁知刚一出影院，蒋怡就再一次提起了出去住的话题。

朱迪深吸了口气，为了不让蒋怡怀疑，用充满遗憾的语气以朱母最近身体不好，他不放心留她一人在家为由，委婉拒绝了蒋怡。

本以为这事儿暂时蒙混过关的朱迪，才松了一口气。谁承想，没过几天，蒋怡又跟他提出干脆搬到他家两人同居。

朱迪简直要崩溃了！难道真的是三十如狼四十如虎，非得把自己睡了，蒋怡才能心满意足？

朱迪已经在心里想着，要么自己就吃点儿亏，让她睡了算了！人家女孩这么主动，总是狠心拒绝人家，也不是绅士所为啊。

这天，朱迪避开了蒋怡，准备给李伟打个电话，向这位“妇女之友”讨教一下，如何艺术地逃避女性的投怀送抱。

结果，这个家伙的电话居然一直占线中！

“接电话，赶紧接电话呀！”

“你偷偷摸摸地给谁打电话呢啊？还躲到这儿来了。”电话没通，蒋怡却来了。

“啊……偷偷摸摸啥呀，我给李伟打呢！这不你都回来一个多月了，我准备约李伟出来，咱们叙叙旧嘛！”朱迪眨了眨眼，半真半假地回道。

谁知听到朱迪的话，蒋怡却脸色猛地一变，一把上前抢下朱迪的手机，按了挂断键！

空气都凝固了起来，一种无法言喻的氛围在两人中间蔓延开来。

两个人，你看我我看你，都有些呆滞，一时间空气凝结，落针可闻。

朱迪是被蒋怡的举动吓到，不明白她为何如此激动。

而蒋怡是有些尴尬，一时间不知该用什么样的理由来解释自己“略显夸张”的行为。

“你这是练空手夺白刃呢？”还是朱迪先打破了沉默。

朱迪强笑着，仿佛要将先前的尴尬尽量撇开。

蒋怡镇定了一下情绪，捋了捋发梢，发挥出女性独有的“不讲理神功”，白了朱迪一眼：“怎么呢？不快点看一眼，我怎么知道你是不是给哪个小情人儿打电话呢！”

从蒋怡的手上取回手机，朱迪不免有些失笑，摇了摇头，就准备再给李伟打个电话。

蒋怡看着朱迪拿起电话，紧张的心都要从嗓子眼里跳出来了。但有过一次前车之鉴，她也不敢再贸然做什么。

好在李伟的电话，那是比联合国秘书长的还难打，拨通之后，电话那头传来的依旧是正在通话中的提示音。

见到电话没打通，蒋怡一颗悬着的心算是暂时落了下去。

随后的几天里，朱迪每次谈到约李伟出来聚一聚的话题时，蒋怡都找种种借口回避了。

并且，在闲聊天时，蒋怡还有意无意地向朱迪传达着一个信息：因为当初不满于他们哥们兄弟总在一起冷落她，所以自己经常会阻拦朱迪出去跟他们聚会，导致她跟李伟的关系并不怎么融洽，见面也是尴尬。

一开始时，对于蒋怡的回避朱迪只是有些扫兴，但并没有产生什么怀疑。但次数多了之后，朱迪就觉得有点儿不对劲了。

尤其是，蒋怡与自己的真正关系就是通过李伟才有的眉目，且当时聊天时，李伟从没透露过任何他与蒋怡不和的意思，还一直帮自己积极张罗着。但蒋怡却这么说，明显是不想要见到李伟！

加之自从提起要与李伟见面的事情之后，蒋怡喂他吃药的频率也明显提升了，似乎生怕自己再提起此事！

这么一来，朱迪反而对这件事情愈加重视起来。

夜晚，躺在床上，朱迪盯着天花板上的某一点，脑海中在组织梳理着线索。

朱迪之所以一直没有拆穿药丸的事情，一方面是人性本能中有那么一丢丢享受这种美女为自己献殷勤的感觉；另一方面比较重要的是，他需要将之前被药物“治疗”得有些模糊的记忆，一点一点恢复回来。如此才能脑袋清明地从蒋怡那儿套取更多线索。

然而，随着他之前记忆的逐渐恢复，他却被卡在了那里，无从下手了。

只因为一直以来，蒋怡喂他吃药的节点，阻止或者模糊他记忆中的事件人物，基本都是“死人”！这使得他根本无法证实记忆的真假，无从对证。

他缺乏一个突破口，一个可以与他对证的人！

如今，蒋怡却莫名开始阻止他提到李伟，甚至是阻拦他与李伟见面。想到这儿，朱迪莫名笑了一下。

正愁瞌睡没枕头，有人就自动送上门来了！

扛过了两个工作日后，美好的周末如期而至。

睡觉睡到自然醒后，朱迪睁眼看了看时间，上午十一点整。

利落地翻身下床，朱迪一边向洗手间走去，一边拨通了电话。

“喂？我美丽的女神，今日阳光明媚，和风煦煦，你我相约午后一起前往北海公园泛舟可好？”跟李伟兄弟那么多年，虽然学不来十成十，但即使是一点儿皮毛，在关键时刻的作用还是非常巨大的。

本来还睡眼惺忪的蒋怡，一听朱迪那散发着浓浓狗腿气质的声音，立刻扑哧一声笑了出来，睡意全无。

“泛舟啊……”蒋怡故意拖着长音道，“待本少女查一查伦家的schedule，看看有木有空啊。人家的档期可是很满的！”

“不然，大家还是各自安好，在家睡觉吧。”朱迪立刻就不好好说话了。

“咱就不能装够三分钟吗？没劲！说吧，几点啊？”蒋怡顿时没好气儿地问道。

“哈哈！两点半，不见不散！”朱迪笑着说完，便挂断了电话。

草草吃过午饭后，刚刚两点钟，朱迪就拉着神龙见首不见尾的李伟来到了西岸码头。

之所以两点就到，是因为已经有过多次约会经验的朱迪发现，蒋怡是个很守时的人，每次非但不会迟到，反而是会习惯性地早到几分钟。

选了个较为隐蔽的地方站定后，被朱迪一路拽着，气喘吁吁，一脸不敢置信的李伟终于得到了喘口气、说句话的机会。

“你这是转行做特务了，要搞刺杀行动啊？整得这么神神秘秘，着急忙慌的，是要干吗啊？”

“约会！”朱迪一面来回环顾着四周，一面极其敷衍地回了李伟一句。

“约会？你约会带我来干吗啊？怎么，你这是万年老树终开花啊？”李伟看着紧张兮兮的朱迪，碎嘴子似的调侃了一番。

“和蒋怡约会！”朱迪没有搭理李伟，又蹦出了一句。

“和蒋怡约会……”李伟跟个复读机似的，只能被动地跟着朱迪有一句接一句，结果刚说完，自己却愣住了。

“什么？你说和谁约会？你什么时候找到蒋怡的？这是多年夙愿得偿啊，恭喜恭喜！”李伟一边说着，一边还夸张地拍了拍朱迪的肩膀。

“嗯……”朱迪从鼻腔中哼了一声，与李伟激动的神情相比，他这模样，简直冷静得过分。

“我说爷们儿，咱能不跟挤牙膏似的，一个字儿一个字儿往外蹦啊！”

“哎呀，事情比较复杂，一时半会儿说不清楚！反正一会儿等蒋怡来了，你帮我好好套套她的话！我总觉得她有什么事情瞒着我，怪怪的！”

直到此时，朱迪也只是等着三方对峙时或许能找到蒋怡究竟瞒着他什么，欺瞒他的目的又是什么。却丝毫没有意识到，有一个更大的“惊喜”在等着他。

第十章　五年再重逢

微风阵阵，岸边的垂杨柳一根根枝条像是伊人那摆荡的水袖，随风起舞，煞是好看。

远远看去，却见两个行为有些怪异又带着些许猥琐的男人，在那窸窸窣窣不知嘀咕着什么，瞬间煞了风景。

远处，依稀可见一身穿亮黄色风衣的长腿美女，正款款走来。

“哎！哎！哎！你看你看，那妹子不错！虽然看不太清脸，但那身条绝对跟蒋怡有得一拼！你就光看那双大长腿，姿色肯定差不了！”不愧为“妇女之友”的李伟，永远不缺一双发现美的眼睛。

朱迪抬眼望去，一眼就认出了那件颜色极为鲜明的风衣：“这话一会儿你可以对着她亲自说，大可不必拐着弯儿地再把蒋怡夸两句！”朱迪顺手指了指来人，一脸嫌弃地看着李伟说道。

“要不要点儿脸？别整得好像天下美女都是你女朋友似的，好吗？”李伟非常不满地打掉了朱迪的手掌，又看了眼已经在不远处站定，仿佛在等人的黄衣女子，张口说道：“虽说人家那妹子长得确实与蒋怡有几分相似，但你也不能逮着就认亲吧？小心人家把你当流氓抓起来！”

正准备抬脚往蒋怡那儿走的朱迪，听到李伟的话后，瞬间停住了脚步，猛地一回头，面露惊色地看着李伟。

“你刚才说什么？”朱迪的声调都抬高了几度。

“我说你臭不要脸。”

李伟挠着头皮，很是嗤之以鼻的样子。

“不是这句！你的意思是，她不是蒋怡？”朱迪再次抬手，指向了正在码头边站着的人。

“废话！我又不瞎，离得又不远，我难不成还能认错人吗？”李伟不带任何停顿地说了一句。

“如果我说，她就是蒋怡呢？”朱迪不死心地又问了一句。

“不可能！虽然这姑娘长得确实与蒋怡有七八分相似，但看起来明显更成熟一些嘛！这就好像，大家都知道张一山跟夏雨长得像，但你能说他俩是一个人吗？”李伟撇了撇嘴，非常肯定地说道。

此时，朱迪的大脑正在飞速运转着。李伟如此肯定的话语给朱迪带来的震惊，不比当初知道一个对他而言甚至连名字都是陌生的女人却是他思念多年的前女友，来得更小。

从最一开始，莫名在一个气氛无比诡异的游乐场里偶遇蒋怡，她的热情与自己的陌生对比鲜明；到听着蒋怡的诉说，被她对自己的执着感动而试着开始接受她；再到发现蒋怡其实一直在给自己吃一些影响记忆的药丸；直到最后，蒋怡对自己“逼婚”……这期间朱迪不是没有怀疑过她，并且也都对她有所防备。但他从来没有想过，事情的真相其实是：这个女人，她根本就不是蒋怡！

难道她从头到尾都在骗自己！

什么情真意切，诉说衷肠，都是假的？

目的呢？图什么呢？为了什么，能值得她不惜一切代价，把自己都搭进去呢？

此时，朱迪突然想到那个躺在自己家里，写着“千万不要接近蒋怡”的玩偶。

此刻的朱迪突然感觉到前所未有的愤怒！

那是知道了一直以来被人当猴耍后的恼怒，更是对自己居然忽略了警告，如此轻易就相信了“蒋怡”的愚蠢行为所产生的羞怒！

“哎，哥们儿，哥们儿！你该不会真的是认错人了吧？你这是一场车祸，撞坏脑子了？还是相思成疾，已经放弃抵抗了？要我看，这个妹子也不错啊。你要真的已经跟她谈上了，就将错就错呗！指不定，也能成就一段佳话呢。”李伟有些不明就里，但还是为自己好兄弟考虑地劝了这么一句。毕竟，他对蒋怡的等待已经够久了，总不能终生就这么耽搁下去吧。

被李伟的声音拉回现实的朱迪，深深吸了一口气后，突然有些疲惫地说道：“我没事儿。这事儿一句两句说不清楚，你先回去吧，我自己跟她谈谈。对不住，还让你跟我白跑一趟。”

“咱们兄弟俩还瞎客气什么！精神点儿，没什么事儿是解决不了的！”李伟没有再多说些什么，迈步离开了北海公园。

看着李伟离开后，朱迪站在原地缓和了一下，又理了理思绪，随即转身向着“蒋怡”走去。

“哎呀，你又迟到了！咱是大姑娘上花轿吗？每次都这么慢！”蒋怡看到朱迪走过来后，有些不满地噘着红唇，嗔怪了一句。

朱迪看着“蒋怡”那张明艳的脸，有些娇嗔地责怪着自己，一时之间还是有些难以接受刚刚知晓的这个事实。

蒋怡感受到朱迪凝视自己的目光，小脸儿扑棱一下就红了，有些不好意思地低下了头，声细如蚊地说道："你干吗这么直勾勾地看着我嘛！讨不讨厌！"

"你不是蒋怡，你到底是谁？"有些冰冷的声音，从朱迪的齿间滑出。

蒋怡猛地一抬头，眼神瞬间有些慌乱。

"你，你在胡说些什么啊！是不是身体又不舒服了，怎么会连我都忘记了呢？我给你带的有药，你在这儿等着我，我去给你买瓶水。吃了药就好了，吃了药就好了……"说着，蒋怡就要向对面的便利店跑去。

谁知蒋怡刚一抬腿，朱迪却一把攥住了她的手腕，厉声道："别再玩你这套把戏了！你给的那些药丸，我早就没有再吃了！"

被朱迪猛地一拉，蒋怡一个趔趄差点儿后仰摔倒。好不容易稳住了身形，蒋怡却站在那儿，咬住了下唇，静默不语。

朱迪看到"蒋怡"这个样子，想到她一直就是用这副楚楚可怜的模样来蒙骗了自己，简直恨得牙根都痒痒！

"你不要再演戏了！摆出这副模样也没用，实话告诉你，早在一个小时之前，我和李伟就到这里了，他刚才在旁边已经告诉我了，你根本就不是蒋怡！"说到这里，朱迪自己都气笑了，可眼神中尽是冰冷，"枉我把你刚见面的时候说的话当成真的，枉我以为是我真的忘记了什么，枉我以为你喜欢我，我曾经也是喜欢你的！捉弄人很好玩是吧？做了不少功课吧？偷拍！偶遇！还有喂药！难怪你三番五次、屡次三番，始终找各种各样的借口，不跟我一起去见李伟。甚至不让我去见他，你怕的就是今天的局面吧！说，你说吧！这么捉弄人，你心里就没有哪怕一丝的愧疚吗？你到底是谁？为什么要假扮蒋怡？接近我到底有什么目的！"

朱迪几乎是吼着说完这几句话的，因为他心中的那种憋闷感，实在是需要发泄。

然而，对面的蒋怡就那样直愣愣地站在那里，依旧只字不语，只是缓缓低下了脑袋，也看不清脸上的表情。

见“蒋怡”就是不肯说话，朱迪又气又急，在原地不停地来回踱步。

始终撬不开蒋怡的嘴，朱迪深深地吸了几口气，压下躁动的情绪，准备改用怀柔政策。

“蒋……我刚才可能是心急了一点儿，你别害怕。”朱迪尽量用比较温柔的声音说道，“我知道你并不是蒋怡，如果你实在不想告诉我你是谁，那也没有关系。但是，你可不可以回答我几个问题？”

“你如此刻意来接近我，甚至不惜以自己为代价，究竟是为了什么？我自从车祸后醒来，身边的怪事就一直不断，总是出现与我原本记忆不符的东西。而你，从在我身边之后，就各种借口喂我吃那些药丸，去阻隔模糊我的记忆。你的目的是什么？你是不是知道些什么！还有，我为什么会一直记不起蒋怡的样子，你跟我爸又有什么关系，为什么他会突然莫名其妙葬身火海，是不是都是你动的手脚？”朱迪的心中实在是有太多的疑惑不解，说着说着，语气就又变得凌厉了起来。

“你爸的死，跟我没有关系！”蒋怡抬头说了这么一句后，就又低下了头，不再说话了。

之后，不管朱迪再问什么，用什么样的办法逼问，蒋怡都始终没有再说过半个字。

气氛就这样僵持了起来，两人相对而立，一个怒目相视，一个沉默不语。

朱迪在极力压抑着怒气，他已经处在了暴怒的边缘。

就在朱迪觉得再这么下去也没有丝毫用处，准备把这个女人带回家关起来再想办法时，“蒋怡”终于开口了。

“我只是想留在这里。”

耳边传来了这么一句有些缥缈的话后，朱迪眼睁睁地看着这个女人消失在了自己面前!

朱迪满眼惊愕地看着面前“蒋怡”曾经站着的地方，现在却空无一人。

虽然从他车祸醒来之后，身边的“灵异事件”不断，但毕竟都还看得见摸得着。

可如今，一个大活人生生地从自己的眼皮子底下消失不见!

朱迪一时间感觉大脑错乱，根本无法冷静思考。

他甚至在那周围来回探索了半天，东摸摸西拽拽，看看是不是有什么机关密道，或者干脆是障眼法之类的。

反复摸索了半天无果之后，朱迪坐在岸边上，长长叹了一口气。

他觉得自己一定是疯了！一定是!

朱迪拖着失魂落魄、仿佛行尸走肉一般的身体回到了家。一屁股呆坐在沙发上后，就再也不想动了。

他很想大声问一句，这个世界究竟怎么了！可显然不会有任何人回答他。

他太累了。那些看似有关联又没逻辑的记忆缠在一起，快要挤爆他的脑袋了。

此刻，朱迪很想对着那不知名的命运主宰大吼一声，老子认输了行不行？别再耍我玩儿了行不行!

然后蒙头大睡，管他什么沧海桑田，世事变迁!

朱迪有些自暴自弃地一边在嘴里不知道念叨着什么，一边竟真的迷迷糊糊昏睡了过去。

等到再次醒来时，已经不知道是几点。朱迪似乎从车祸之后，时间就总是过得很是混乱。

从沙发上坐起身子，朱迪的眼神呆滞。没多一会儿，又觉得眼皮子犯沉，很想就这样继续倒头大睡。

硬生生地离开沙发站起，朱迪强打精神走进了洗手间，用冷水洗了把脸，才感觉稍微精神了点儿。

朱迪折回书房，给自己冲了杯咖啡后，在椅子上坐下。

朱迪拧着眉头，仔细琢磨着女人临走前说的那句话。

想留在这里。这里是哪里？北京吗？她一个成年人，有手有脚，想留在哪里完全可以自己决定。又何必非要捆绑上自己呢？

如果说的不是北京，那她说的又是哪儿呢？

朱迪在脑海中不停地找着关联词，想要试着解开这句像是谜语一般的话。

突然之间，脑中灵光一闪，朱迪想到自己之前的几次身不由己的不可控制！

朱迪自从车祸醒来之后，按理说几次全面检查做下来都是正常，而自己又有“金刚不坏之身”，那么身体上理应是不会有什么问题才对。

然而，他却经常不受控制、莫名其妙地就晕倒。

可说莫名其妙却也有迹可循。几次晕倒的起因总结下来，似乎都跟自己说出了已知记忆中和当下所发生的经历存在的矛盾冲突有关。

并且似乎他每次晕倒后再次醒来时，自己所在的都是车祸醒来的那家医院。甚至如果仔细回想，貌似连病房都是同一间！

难道说，车祸才是真正的症结所在？

想到这里，朱迪是一刻也坐不住了。顾不得时间已晚，朱迪起身就向外奔去。

已经进入到深秋的时节，夜里的风虽然还谈不上刺骨，但打在身上也绝不好受。

朱迪站在一片漆黑的国道路边，偶尔才能看到一两辆渣土车、大货车之类的，从自己身边飞速开过。

再往前，就是自己当时出车祸的十字路口了。

莫名地，朱迪竟然有些心跳加速起来。

因为国道上基本没什么路灯，所以朱迪一路都是沿着路边直线行走，并且一伸手就能抓到旁边的绿化树干，以防不小心绊倒。

小心翼翼地往前走着，朱迪却越走越吃力，仿佛有一种在爬山的感觉。

之前那次路过此处时，因为一直心里着急赶时间，所以朱迪并没有注意到此处居然是一个比较陡的上坡。

“晕，这是怎么修的路啊！这上坡的坡度差不多得有45度了吧？这么陡，多危险啊！”人在黑暗中难以视物，感官神经自然就会更加敏锐一些。加之朱迪从小就是物理小天才，所以竟然准确地说出了坡度。

本来目测也就10分钟左右的路程，却因为路况的缘故，让朱迪硬生生地走了将近半个小时。就这，还多亏了路边有树可以攀扶。

然而，好不容易站到了十字路口的边上，朱迪却突然觉得很不舒服，头晕沉沉的，还特别想吐。

有些反胃，朱迪干呕了一声。

虽然并没有吐出来，但因为干呕的缘故，朱迪身体微微前倾，脚尖随着身体向上呕的动作，猛然用力点了一下地面。

谁知，这一点不要紧，朱迪的身体竟然因为这一用力的蹬踏，缓缓向上飞了起来！

微重力？

非常熟悉物理的朱迪只愣了两三秒后，就迅速反应了过来。

可是，由于他点地的那一下比较用力，就这愣神两三秒的工夫，朱迪已经“飞升”了将近五米的高度！

道路两旁的绿化树木本就不是什么参天大树，这五米的高度就已经快要接近树顶了。如果朱迪再不抓住个树枝什么的，真飞过了树顶，那这玩笑可就开大了，朱迪这下彻底“成神”了。

朱迪迅速冷静下来后，尽最大可能将自己的身体倾斜向树体，伸出胳膊玩儿命地够着树枝！

费了九牛二虎之力，朱迪终于拽到了一根很细的树枝梢儿。稍微松了一口气的朱迪不敢大意，小心翼翼地靠着树枝一点一点往前移动着，丝毫不敢使大一点劲儿，生怕一不小心再把好不容易拽住的树枝扯断。

由于心情过分紧张，朱迪的脸上、身上都已经开始冒汗。可是，莫名处在了一个微重力的环境下，那些汗都变成了一个一个的小水珠无法流走，紧贴在朱迪的皮肤上，又潮又热，让他仿佛置身在一个蒸笼中一般，无比难受。

如此煎熬了不知道多长时间，朱迪终于顺着那脆弱的枝丫摸到了一根比较粗、看起来就结实很多的枝干。

迫不及待地用力一拽，那一刻，虽然身体还没能落地，但心已经放到肚子里的朱迪，感觉自己仿佛置身于天堂！

并且，原本密布在朱迪脸上的汗珠，经过了千分之一微妙的变形之后，又重新恢复成一个个完美的球体，悬浮在了半空中。这是多么美妙又神奇的景象！

好不容易抱着树干回到了地面，脚踏实地的那一刻，朱迪才真切地感受到这个词的真正含义。

小心翼翼地向后退了几步，朱迪大气儿都不敢出。生怕哪一步再用大劲儿了，把自己送上天。

后退了差不多有十几步远后，朱迪两手抱树，又用力点了一下地面，想试试有没有走出微重力的范围。

这一次，朱迪并没有“飞升”……

朱迪一下子瘫坐在了地上，毫无任何形象可言地大口喘着粗气，并用衣服袖子擦干了脸上又再冒起的汗珠。

其实，从朱迪不小心飞起来，再到他落回地面撤出微重力范围，总共花费了可能也就一分钟的时间。但是对朱迪而言，却好像过了一万年那么长!

或许，这种意识中的时间概念，就是人对于生命的留恋的最好证明吧。

经过这么一折腾，朱迪也无心再往前走到十字路口去查看车祸地点了。

平复了心情后，朱迪起身，踏上了回家的路。

疲惫不堪的朱迪，一直睡到第二天下午将近三点，才悠悠地醒了。

起床简单地洗漱完毕后，朱迪本想将他发现的这个微重力区域跟金教授聊一下。从医学的角度看看这样特殊的领域会不会与他发生车祸后，身边所发生的这些奇怪的事有关联。

然而，打电话过去却被告知，金教授出国考察去了，归期未定。

无奈之下，又只得作罢。

随后，朱迪打开了电脑，准备搜索一下网上与这个国道十字路口有关的信息资料。

由于可以用的词条实在太少，网上几乎没有什么太多的相关信息。朱迪又切换着搜索引擎，甚至是翻墙到外网上去搜索，得到的信息量却依旧很少。

除了国道经常会发生各种大小车祸外，关于那个怪异的陡坡，网上仅有的几条信息，也只是说感觉它的磁场比较奇怪。好像经常路过那里的时候，手机信号会被干扰，人会有轻微的晕眩不适感，除此之外，再无其他特别之处。

但这些多数都被归结为上坡太陡、下坡太急的缘故。

搜索半天都没什么有用的资料，朱迪突然有些怀念自己的父亲。

彼时，朱父在研究材料物理时，经常需要用到失重条件去混合特种合金，所以在这方面颇有建树。

假如，朱父还在的话，或许……

想到这里，朱迪决定去父亲学校的实验室看看。也许，那里有人能帮到自己也说不定。

站在学校的大门前，朱迪一时间竟生出了一种物是人非的感慨。想想自己上一次来这儿，是什么时候呢?

五年前，还是十年前?又或者，是更久以前?

甚至朱迪开始回忆起那天上午和张叔的交谈，具体的言语已经在朱迪的记忆里面模糊掉了。如今朱迪还能想起来的，只有张叔手里燃起的香烟，还有缠绕在父子之间长达数年的恩怨纠葛。

明明那一天，自己已经松动了许多，已经答应过几天去看望父亲。

明明自己已经决定缓和父子关系了。

明明一切开始朝着美好的方面转变了。

可是过了几天，还未等自己从光怪陆离的场景之中抽身出来，父亲的灵堂都架起来了。

这个国家有九百六十万平方公里的土地，有十四亿人口，其中有不计其数的物理研究者。

在父亲去世后的第十七天，朱迪开始想念他。

朱迪不愿再多想，低头敛了敛衣襟，迈步向校内走去。

循着记忆找到了朱父的实验室。朱迪站在楼前，仰面朝上看去。这是他小时候课余时间最爱来的地方啊！

顺着楼梯走上了二楼，在走廊的尽头处，那一间最大的实验室就是朱父的。然而走到门口后，朱迪却发现，大门紧闭，门把上还有一把巨大的明锁套着，里面寂静无声。

是啊，父亲都已经不在了，这个实验室也就被收回了吧。只是不知道，它的下一任主人会是个什么样的人。

无奈朱迪只好离开实验楼往外走，准备去找一下记忆中的那几个经常和朱父在一起的叔叔、伯伯们。

正当朱迪因为时日久远，记忆有些模糊不清而在校园里迷了路的时候，迎面不远处却笔直走来一个让朱迪感觉有些熟悉的女子。

“小怡，你是小怡！”那女子的脸在朱迪的瞳孔中不断放大，等到朱迪真正看清时，竟然激动地惊呼出声。

这是下意识的惊呼，见到这个女人的瞬间，连朱迪都不知道为什么，有一种蒙昧的感觉忽然如同潮水一般涌来。是的！一定是她！这才是那个自己朝思暮想的人！这才是那个自己无数日夜辗转反侧想要见到的人！

小怡……小怡……

朱迪觉得这一瞬间，自己的眼角一定是湿润的。他想起《百年孤独》里面的一段话：过去都是假的，回忆是一条没有归途的路，以往的一切春天都无法复原即使最狂热最坚贞的爱情，归根结底也不过是一种瞬息即逝的现实，唯有孤独永恒。

他曾经爱极了这段话，却也怕极了这种状态。

是的，他这样生活了五年，最后一无所得。

这一瞬，他被生活的惊喜拥抱。他觉得自己的内心在狂热，那个朝思暮想的人真的出现在了眼前，那种内心的悸动与以往是截然不同的，他开始舍弃一切，甚至舍弃自己，直到他的眼中，只有这个女人。

三步并作两步，朱迪上前就狠狠地一把抱住了蒋怡。

没错，眼前这个长相与之前的“蒋怡”有七八分相似，但却更加青春靓丽，正是朱迪心心念念了五年，一直苦苦寻觅的蒋怡！

在抱住蒋怡的一瞬间，朱迪的脑海中仿若电影情节快进一般，一下子掠过了无数光影。曾经，他与蒋怡的点点滴滴，浓情蜜意的，拌嘴争吵的，甚至是在蒋怡失踪后的那些痛苦不堪的日子，都无比清晰地记了起来。

这个笼罩在他心中最大的疑团，终于得以解开。他再也不用讯东问西，抱着那一封封情书去寻找失落的记忆了。

激动过后，朱迪将蒋怡从怀中让了出来，眼神却一刻也不敢从她身上离开，语调略微有些颤抖地问道：“小怡，这么些年，你去了哪里？”

再看蒋怡，那弯弯的眉眼，笑容清浅；如羊脂般的的肌肤嫩白透亮，吹弹可破；微微开启的唇，吐出如兰般幽幽的气息。

“小迪，这些年，我一直在想你……”

久别重逢的欣喜让两人一时间有些激动，竟忘了此时正站在校园里前往食堂的必经之路上。直到听到周围传来窸窸窣窣的窃笑声，两人才有些尴尬地反应过来。

蒋怡一下子红了耳根，赶紧拉着朱迪拐到了校园里比较僻静的林间小道，找了一张椅子坐了下来。

待到两人坐定，朱迪却突然语塞，一时之间竟然不知从何说起。

朱迪之所以在见到蒋怡后如此的激动，一方面，有他记忆恢复后，对蒋怡那么多年坚持的情感，一下子迸发了出来的原因；而另一方面，连日来所发生的事情，几乎都与车祸和蒋怡有关。这一下子找到了正主，或许就离事情的真相越来越近了。这也是让朱迪有些控制不住自己情绪的一大原因。

在朱迪心中，有太多的问题要问、太多的谜团要解。可这一团乱麻一般的东西，却很难简单地揪出一根线头来理。

“小迪，这些年，你过得挺好的吧！”还是蒋怡率先打破了沉默，“我听同学们说，你工作很出色，事业上很是风生水起。”

本来陷在沉思中的朱迪，一听到蒋怡说他过得挺好，胸中一下子涌起了对于她当年的不辞而别所带来的伤害郁结。

“我过得不好！爱人无故失踪，杳无音信，我却像个傻子似的苦寻痴等。到最后，我甚至连她为什么会走都不知道。你说，我怎么可能过得好？”

听到他的话后，蒋怡的神色黯淡了下来。当年她离开是有苦衷的，可毕竟对朱迪造成了伤害。如今她回来，又到底应不应该告诉他真正原因呢?

“怎么不说话？难道你不该给我个交代？”朱迪又逼问了一句。

“我……”蒋怡有些欲言又止，“五年前，你爸爸曾经来找过我。他当时对于你放弃读研，直接毕业工作的事情很是不满。还认为你如此决定，一定是受了我的唆使。说我花费太大，不知节省，为了一时的舒适生活才不顾你的前途问题，教唆你早日走入社会工作。你爸说得我就好像一个拜金女、狐狸精似的，言谈间也都是让我早日离开你。而我那会儿年轻气盛，心气儿也高，被他这么一说，我哪里受得了！想着既然你家里人如此不待见我，我又何必用热脸贴冷屁股。所以我一气之下就决定远走他乡，彻底退出你的生活……”

刚开始，蒋怡说着还有些激动，到后来声音却渐渐低了下来。

“对不起……”朱迪没想到是自己的父亲从中作梗，硬生生拆散了两人。所以，朱迪有些愧疚地一边说着，一边攥住了蒋怡的手。

谁知，就在朱迪抬眼望向蒋怡的那一刻，却突然发现，蒋怡的身体在一点一点变得透明，整个人也渐渐开始发光。

已经有多次说出事实就晕倒经验的朱迪，看着眼前逐渐变成透明发光体的蒋怡，心中猛然一惊。

不会蒋怡……也有这个毛病吧？

第十一章　眼底的梦幻泡影

朱迪突然看到蒋怡变成了一个闪闪发光的透明体，心中立刻跟着慌乱起来。

然而就在他极度焦急、不知道如何是好时，蒋怡的身体却又恢复了正常，并且看她自己的样子，似乎并没有意识到刚才自己身体的异样。

“小怡，你……有没有哪儿不舒服啊？”朱迪犹犹豫豫地问出了一句。

“没有啊。就是天色暗了，坐在这儿稍微有点凉。”蒋怡并无异常地回了一句。

紧跟着，蒋怡又问了一句：“对了，你今天怎么会来学校啊？有什么事吗？”

听到蒋怡说冷，朱迪赶紧站起身来：“来，边走边说，咱们去吃饭。”说着就把蒋怡拉了起来。

“我还没来得及问你，你怎么会在这儿啊？”朱迪疑惑地问道。

“我是来这儿当老师的啊！不然，还能是学生吗……”蒋怡有些俏皮地说道，“你猜猜我教什么？”

“教什么？不是管理，就是市场呗？难不成，你还能跑去教物理不成啊！”朱迪调侃着说道，顺道儿还开了句玩笑。

“Bingo！答对了，但是没有奖。本少女我就是来教物！理！的！”蒋怡一脸傲娇，头仰得像只骄傲的凤凰似的。

结果，听到答案后的朱迪，却停下了脚步，一脸诧异地看着蒋怡。

之前说的，本是一句玩笑话，朱迪是无论如何也没有想到，蒋怡居然真的教的就是物理！

曾经，物理是自己最喜欢的一种“游戏”；后来，物理变成了自己避之唯恐不及的“恶魔”；再后来，自己逐渐释怀，物理成了曾经的“兴趣”；到最后，当经历了各种混乱之后，物理又成为解开一切答案的“钥匙”。

从没想过，自己会与一门学科的牵绊如此之深。

回过神来的朱迪本想问问蒋怡，怎么会突然转了物理专业。但当他看到蒋怡那灼灼的目光，却突然明白了过来。

“你别这么看着我。我告诉你，我可是天才哦！只用了五年的时间，我就完成了应用物理的硕博连读，我是不是很厉害！快夸我，快夸我！”蒋怡像个小孩子似的，摇晃着朱迪的手臂。

这个样子的蒋怡，让朱迪心疼坏了。他知道物理这种专业学起来有多困难，更何况还是一个没有一点儿基础的女孩子！

“嗯！真是天才！”朱迪疼惜地捏了捏蒋怡的脸颊。

“哎呀，你别露出那种老气横秋，像个长辈似的表情好不好！我吧，当初一个冲动就离开了。可等我冷静下来之后，又感到自己的做法真的是愚蠢到家！可当初那么有骨气地离开，如今要是灰溜溜地再回来，那多丢人啊！我要是就那样回来，不是会被你爸更认定他的想法是对的嘛！嘿嘿，所以，我要杀回来，那就必须是马踏飞燕，衣锦还乡！”一边说着，蒋怡还一边做出了一个刀马旦似的起手式。

朱迪看着眼前这个坚强自信的女孩子，越发觉得自己能够爱上她，是自己的幸运。

两人在学校的教工食堂简单吃了点儿晚饭，期间，朱迪也向蒋怡说明了自己到学校的来意。

“你是说，你在北京市郊的国道上，发现了一个天然形成的微重力区域？”蒋怡听完朱迪的话之后，无比惊讶地张着小嘴，两眼冒光。

“是不是天然形成的，我不知道。但是那个地方的地貌很奇怪，上坡的坡度差不多有45度，非常陡峭。并且，我是亲身经历了‘一飞冲天’的惊险刺激，差点儿就被当风筝放了！所以，那个地方一定是微重力，不会错！”朱迪再一次提起，还是有些后怕。

“嗯，以你的知识储备，应该不会判断错。你的意思是说，你在这个位置发生车祸之后，记忆就出现混乱，甚至是周围的实物、实体也发生了与你记忆中有所不同的变化是吗？再者，就是你经常会伴随着白光一闪，晕倒昏厥对吗？”说到专业上的东西，蒋怡立刻像变了一个人似的，很是严肃。

“对！你应该记得，张涛在我毕业没多久的时候就生病去世了，可我却见到了活生生的他！还有我妈，你失踪之后差不多有一年的时间，她在一场火灾中丧生了，可她却同样活着出现在我家。一直到现在，我们还在一起住着，所以我不相信这都能是我产生的幻觉！他们都是真真实实存在的实体！”朱迪有些激动地给蒋怡补充着他的经历。

“你仔细回想一下。在你每次晕倒醒来之后，你周围的事物还有你身边发生的事，有没有什么是一直没变的，又有没有什么是似乎已经发生过的事情，又重新再次上演了一遍呢？”蒋怡非常有针对性地问道。

朱迪按着蒋怡给的方向去刻意回想了一下，几秒之后，朱迪神色惊恐地瞪大了眼睛。

“有！有的！我每一次醒来，都是在同一家医院、同一个病房，从来没有变过！然后就是四年前烧死我妈的那场火灾，在我出车祸后的这段日子里，连续经历了两场！仔细想一想，这两场火灾最先起火的位置，都在厨房，这与当年的火灾简直一般无二！只不过，这两场火灾中，一场我救出了我妈，另一场却没能救出我爸……”朱迪说着，话音有些低落。

蒋怡握着他的手紧了紧，以示安慰，接着问道：“那你几次晕倒的原因呢？都一样吗？又或者说，看起来不一样，但是本质一样？”

“你说的这个，我之前就意识到了。可以说，我每次晕倒的原因，本质上都没有区别！那就是，好像只要我见到不同于记忆中的事情，当我问出我已知的真相时，就必然会白光一闪，让我昏倒，问不下去！”

微微停顿了一会儿后，朱迪的声音中，明显带着颤抖地问道：“小怡，你说……你说我，该不会是陷入什么死循环了吧……”

蒋怡抬眼看着他，目光深邃：“可能是，也可能不是……我有一个猜想，但是还需要得到证实！走，咱们去实验室！”

说着蒋怡站起了身，将餐盘放到收餐台上之后，转身招呼了一声朱迪。

朱迪愣了一下后，就快步跟上了蒋怡的脚步。

只是这样的蒋怡，像极了自己那位一说起物理实验就亢奋的父亲。

跟着蒋怡步履急促地来到了实验室后，她就开始着手准备。而朱迪倒显得有些无所事事了。

在实验室中转悠了一圈的朱迪，有些唏嘘地看着四周，没想到蒋怡带他来的，居然正是白天没能进来的父亲的那间实验室！

那一台台熟悉又陌生的仪器，让朱迪仿佛又一次看到了小时候那让他仰视的身影！

在这一刻，朱迪不得不承认，他怀念自己的父亲，甚至开始有些自责地想着，如果自己当时能早一点儿进入屋中，是不是就可以救活父亲？是不是此时，父亲依然可以自信地站在实验室里，为自己解惑。

“小迪，小迪，你快来！”耳边响起了蒋怡急切的呼唤声。

“怎么了？”朱迪一边应声，一边快速走过去。

“喏，准备好了！”蒋怡指着一个带有透明玻璃、像棺材一样的东西说道。

“这是……重力舱？你们现在的家伙什儿挺全啊！不会是在研究什么反人类的试验吧。”朱迪为了调节心情，调笑了一句。

“哼，跟你这种凡夫俗子说了，你也不会懂。”蒋怡傲娇地说道，“其实这也是我在某一次实验中无意间发现的。那个公式所得出来的抛物线图形，在上升段正好就是你说的45度！而后来在波峰区域的实验上，却发生了非常不可思议的事情，我感觉这或许能解释你近期的经历！”

蒋怡一边弯腰调试着重力舱，一边继续说道：“后来经过了一系列的运算之后，我终于算出了当时在波峰区域的微重力水平无限趋近于g，这才得以让那次意外所得可以再次被实验！”

说完后，蒋怡又从离心机上取出了两颗浑圆的球体，并将其中一颗递给了朱迪。

“这是什么金属？好特别的感觉。”朱迪在手中把玩着这颗金属球，向蒋怡问道。

“这是在太空中融合的一种特种超导体，目前还没有名字。它最特别的地方，就是它好像是“活”的一般！因为，它可以附着、模拟人脑的四种活动波段，使它可以在某些实验上替代人体，达到接近相同的效果！”

“还有这么好的东西！你们这活体实验，做得很是合法嘛！”朱迪拿着这个球体，感觉仿佛可以跟它交流似的。

“只能说你爸爸，他是真正的天才！我也是真正投身到物理中之后才明白，叔叔的那些研究成果，为人类做出的贡献有多大！”蒋怡突然有些神情肃穆地说道，“哦，对了，你会用重力舱吗？用不用我教你啊？”

嘿，你小看我啊！我第一次见这东西的时候，怕是还没你呢！”事实上，朱迪以前确实见过朱父用重力舱做实验。可那是第一次，也是最后一次，因为自那之后，朱迪再也没有来过。

“嘁，就会吹牛！好啦，我先操作一遍，你仔细看看，也好找找回忆，熟悉熟悉嘛。因为一会儿的这个实验要想达到效果，几个受力方向和牛数都必须对应，不能有一点儿马虎！”蒋怡给了朱迪一个台阶下，又顺嘴嘱咐了一句。

大概熟悉了实验流程之后，正式实验就要开始了。

两人各分两头，严阵以待地在重力舱的两侧推进口站定。

深呼了口气后，蒋怡喊了一句开始。

两人几乎同时“啪”的一声，按下了推进口的开关。早已提前卡死在推进口处的两颗超导体被用力一推后，幽幽地进入了重力舱。

随后，两人不敢有丝毫的怠慢，小心翼翼地在舱外操纵着机械臂。

两颗小球被机械臂们“左推右搡”地向着重力舱中部前进着，终于在经过了几分钟之后，两颗小球碰撞在了一起！

就在这时，本应在碰撞受力后，各自按照轨迹继续运动的小球，却突然间，消失不见了……

真正消失了！

整个重力舱几乎大半都是玻璃，可以很完整地观察到舱内的各个角落。然而，不论朱迪怎么看，怎么找，都寻不到小球的踪迹。

“这是怎么回事？爆炸了？不可能，不可能，这是重力舱啊……互相消融了？可什么样的消融能在一眨眼的工夫完成啊？小怡，你快告诉我这是怎么回事啊！”看到如此令人震惊的一幕，朱迪已经语无伦次了。

“它们应该是进入某个不同于咱们的时间流速的平行空间了……”不同于朱迪的震惊，蒋怡非常平静地回答了他。

或许是被蒋怡的平静所感染，也或许是朱迪天生的神经比较大，接受度高，又或许是这个答案隐隐带着一种熟悉感。总之，在一惊过后，朱迪也冷静了下来。

“平行空间我还可以理解，但你为什么那么肯定，时间流速一定是不同的呢？”

朱迪的话音才刚落，太空舱中仿佛有白光闪过，两个莫名消失的小球，又毫无征兆地出现了。无比幽静地悬浮在半空中，仿佛它们亘古以来就是那个样子一样。

“回来了！”说着，蒋怡将两颗超导体取了出来，放在了朱迪的手上，用炯炯有神的目光看着他说道：“就凭它俩带回来的‘脑电波图’！”

带着朱迪回到了实验台，压他坐下后。蒋怡转身去取了一个厚厚的档案袋回来。档案袋的上面，还放着一本看起来就年代久远的笔记本。

“你看，这是每一次小乒小乓，哦，就是这俩。”蒋怡说着，指了一下朱迪手中的两颗超导体球，继续说道，“这俩叫乒乓球，是你爸爸给取的名字。它俩每次回来的波图都在这里，你可以看到明显的不同！而这一本笔记本上，记录了你爸爸对波图的理解和推论。”蒋怡说着就把笔记本推给了朱迪。

“按照你爸爸的推断，这些平行空间有的比咱们的流速快，也有的比咱们的慢。而快的里面，有的就说是‘一眼万年’都不夸张！”蒋怡指着一张明显波形密集到重叠的波图给朱迪看着解释道，“并且，你爸还指出，在平行空间中，小乒小乓的行为轨迹几乎是无限循环的！只不过，这个循环的节点到底是什么，却很难只凭一张波图去推断出来！”说到最后，蒋怡略显遗憾。

朱迪有些呆愣地看着桌上的那些波图、笔记，忽然之间意识到，蒋怡来带自己做这个实验的目的。

如果父亲和蒋怡的推断没有错的话，那就是说，一场车祸，把自己撞入了一个无限循环的平行空间里！

也就是说，自己现在所处的不是现实，而是平行空间！

想到这儿，朱迪无比惊恐地抬头望向了蒋怡，大脑中一片空白。也不知道是害怕眼前的蒋怡，还是震惊于自己所处的环境。

“你自己应该已经意识到了。我认为你现在是在平行空间里，而并不是你原本的现实世界。所以，在这个空间中，你可以主宰自己的命运，因为只要你说出现实世界的事实，就会好像电脑重启一般，重头来过，无限循环。这样，你就可以弥补你心中的遗憾，将做错的事拨乱反正。只不过，按照你之前所描述的经历来看，这个循环的时间节点似乎是不可控的，所以有时候也会出现重复。”

蒋怡逻辑清晰无比地总结了朱迪的经历，给出了答案。丝毫没有给一时难以接受，还想要逃避事实的朱迪任何自欺欺人的机会。

将她心中的定论说完之后，蒋怡就非常安静地坐在一旁，留时间给朱迪自己消化。

其实朱迪的心中明白，蒋怡所说的，十有八九就是真相的本来面目。但是他却非常想告诉自己，这不是真的，是发梦而已。

他在这个世界已经生活了几个月。期间虽然怪事不断，但无论如何去苦寻答案，他都没有觉得想要放弃过。

因为这是他的人生、他的世界，他总还是要把日子过下去的！

然而，突如其来的真相，让朱迪惶然有一种不真实感。

这里是平行空间，这不是他的世界！一直在这个世界生活的自己，又到底是不是自己呢？

网上经常有四个字在聊天时常被用起，叫作“怀疑人生”。

其实，说这话的人多半是在调侃，又或者表达出一种更深层次的不敢置信罢了……

可如今的朱迪，是真真正正地在怀疑自己的人生了。

甚至是，他在否定自己这个人，因为他已经分不出真实与虚假，这种混乱得没有一点儿归属感的生活，让朱迪怎么去接受？

“唉！”出了好久神的朱迪，终于重重地叹了口气，打破了安静的氛围。

“想通了？”一直在旁边默默陪着朱迪的蒋怡，握着他的手问道。

朱迪苦笑了一下。

“想不想得通，真相都不会因我而有什么改变。既然生活要玷污我，与其苦苦挣扎却依旧反抗无果，倒不如坦然接受它，好好享受！”

“呸，流氓歪理！”蒋怡啐了朱迪一口后，狠狠地用眼神剜了他一下，随后说道，“既然你已经接受现实，那么我们就来继续聊一聊你说的那个假扮我的人。”

“对，你不说，我都差点忘了！这个假蒋怡，从一开始就阴魂不散地跟着我，也不知道到底是谁！最可恨的是，她假扮你来接近我，一直想尽各种办法去阻止我找到真相，也不知道背后目的到底为何？而且，奇怪的是，到今天我回想起来，她说的我们之间的很多事都是对的，难道是你们认识？”朱迪一提到之前那个假的蒋怡，就一脸的愤慨。

“她到底是谁，我不知道；但是她的身份，我猜到了！你不觉得自打车祸以来，你一直忽略了一个人吗？”蒋怡还是想要引导他自己想起来。

“忽略了一个人？什么人啊？我身边的亲戚朋友一共就那么几个，我能忽略谁啊？”朱迪一脸迷茫地看着蒋怡。

“哎呀！你那车祸！不是说你跟另一辆车相撞，才发生车祸的吗？跟你撞车的那个人啊！那个人呢，就好像小乒小乓一样，发生碰撞之后，它俩可是要一起消失、一起出现的啊！”蒋怡看着朱迪那一脸的痴呆相，有些恨铁不成钢地说了他一句。

直到蒋怡提起这个跟他撞车的人，朱迪才忽然间像是开窍一般，想起了，原来还有这么一个人……

“看来，光凭脑电波图，确实是有很多东西都研究得不透彻啊！”蒋怡看着朱迪那明显脑海中没这个人的样子，感叹了一句。

“真的，如果不是你提起，我是真的根本就没有这方面的意识，完全意识不到车祸现场应该还有另外一个人！”朱迪无比认真地看着蒋怡说道。

“嗯，你完全想不起有这么个人，应该是你俩的脑电波互相产生干扰的缘故。你们两个人在极为特殊的区域发生了碰撞。在猛烈碰撞的那几毫秒中，你俩的脑电波应该有过极为短暂的交互。这交互产生了干扰，同时也应该复制了对方的些许记忆！这也就解释了，为什么她会知道你我之间的事！”蒋怡一边咬着手指，一边目视远方地说道。

“复制了记忆？那凭什么她复制了我的记忆，我却丁点儿不记得她的呢？太不公平了！”

“记忆有时候是隐藏在潜意识里的，你不记得它，不见得它就不记得你！有时候会需要一点‘召唤’，它才能出来。更何况，你们两个是碰撞，记忆也应该不会被复制得很成型，应该大多都是散落的片段。就比如说，哪天你突然会了一个从前你根本连听都没听过的技能，那很有可能，就是因为人家会这个，却被你复制了而已。”

“那这么看来，她应该是个不学无术、啥也不会的人！丝毫没有传给我任何技能嘛！撒谎骗人，倒是一套一套的。”朱迪摊了摊手，感觉这笔“生意”自己是赔大了！

“你就别臭不要脸了好嘛！该解决的都解决得差不多了，东西收拾收拾，咱们走吧。再晚，实验楼的看门大爷就要赶人了！”蒋怡用手指轻点了朱迪一下后，催促道。

把一切都收拾妥当，两人手牵手走出了实验楼。

一轮明月皎洁地悬于天际，两人就这样手牵着手，没有什么目的地，也没有什么方向地，在校园里散着步。

两旁的路灯昏黄昏黄地照射在两人的身上，将身后影子拉得老长老长，就连交缠的五指，也被重叠在了那半边的身影中。

此情、此景、此人，就仿佛将朱迪拉回到了大学时光一般。

第十二章　揭秘前夕

已有寒意的深秋夜晚，徜徉在没有任何压力的校园中，这最后的象牙塔也让朱迪的心变得平静、纯粹起来。

或许是因为，这揭开的真相杀伤力太大，朱迪竟然一直没有时间与精力去好好想想，自己的未来究竟应该怎么办！

是就此留在这个虽然有些“虚幻”，但一切都很美满的世界呢；还是放下这一切，当这些统统是场梦，回到自己原来的世界中去呢？

朱迪面临着一个非常重大的选择。

下意识地，他握着蒋怡的手紧了一紧。

如果回去，那他必然面临着，已经跟自己住了几个月的活生生的母亲，将再次离开他，回归黄土。

虽然此时朱迪的心中已经没有多少对父亲的恨，但若是让他回到原来的世界，用母亲的“死”换父亲的“活”。他依旧是做不到的！

并且如果回去，那这好不容易再次牵到的手，就将再一次地消失不见。

回想起五年前的痛苦经历，自己要重新再承受一次。更有甚者，明明已经是失而复得的东西，在刚刚享受到幸福甜蜜之后，就要再一次硬生生地被夺走！

这样的痛苦，绝对不会是1+1=2那么简单，而是被成倍地放大，将他吞噬。

侧过头，看着自己这一生唯一的挚爱，朱迪突然有了选择。

“小怡，我就留在这里，一直陪伴着你，好不好？”朱迪轻声说道。

蒋怡却突然娇躯一颤，豆大的一滴眼泪就那么流了下来。

其实蒋怡从进入实验室帮朱迪解惑开始，心上就一直绷着一根弦。这弦随着真相越来越清晰明朗，越绷越紧，让蒋怡的一颗心十分忐忑。

她不确定，知道真相后的朱迪会做出怎样的选择。是去，是留，她都没有丁点儿把握。

可是，她不想给朱迪压力，更不想去干扰他做决定。所以，一整晚，她都强迫自己以一个非常专业的态度做一个单纯的答疑解惑的旁观者。

直到从实验楼出来，蒋怡再也没了理由去扮演“专家”，只好一路都沉默不语。她是怕，怕她一开口声音就会颤抖，怕她一开口眼泪就会决堤。

如今，朱迪在长久的思考结束后，问了这么一句话。那么蒋怡相信，这就是他已经想好的答案，他做出的选择！

所以，她真的很高兴，高兴得眼泪都掉了下来。

“哎哎，你这哭什么啊！我有那么可怕吗，一说要留下来陪你，吓得你眼泪都止不住啊！算了算了，本来我是打算今天晚上留下来，将自己献给你的！但是，看你这不情不愿的样子，我也不想勉强你。我今晚还是回去吧……”

朱迪一看蒋怡哭得梨花带雨，就知道她也一定是很紧张自己的答案。所以，心情大好的，半哄半调戏，说着些不着调儿的话。

“……你个臭流氓！”蒋怡果然一下就被他逗笑了。

“唉……就知道你还是比较喜欢自己主动为我献身，一说这个，看把你乐的！也不知道咱俩谁流氓啊，我这朵纯洁的小花儿啊！”朱迪是完全不打算放过蒋怡。

“有完没完，有完没完，怎么那么讨厌呢！”蒋怡被朱迪说得从双颊一直红到耳朵根，却还挥着小粉拳，瞪着圆圆的大眼睛威胁着朱迪。

丝毫没有意识到，自己早已暴露了心虚。

朱迪看着蒋怡那红扑扑的小脸儿，一把抓过她挥拳的手，直接把她反手锁在了后背，趁势往前一带，蒋怡就跌落到了朱迪的怀抱。

空出来的另外一只手，抬起了蒋怡的下巴，然后朱迪慢慢低头向她靠近过去。

看着朱迪近在咫尺的脸，蒋怡紧张得心都快要从嗓子眼儿里蹦出来了！空着的一只小手也不记得到抵抗，反而是无意识地揪着朱迪的衣角，越攥越紧。

眼看着朱迪就要亲上来了，蒋怡紧张得赶紧闭上眼睛，但一抹朱唇却因为下巴被抬起而微微上翘轻启，看着就好像是在发出邀请一般。

“噗……”蒋怡的这个模样，实在是太可爱了，让半真半逗的朱迪实在没忍住，竟在蒋怡唇边笑了出来。

“你！”睁开眼睛，一阵羞恼的蒋怡就准备要推开朱迪。

太讨厌了这个人，就知道欺负自己！

然而一个“你”字还没说完，朱迪直接搂紧蒋怡，撕咬的唇瞬间就吞没了蒋怡没说完的话。

等到两人再分开时，都有点儿气喘吁吁。这个一直也没分出来胜负的吻，持续得有点儿太久了。

等到稍微缓过来点劲儿后，蒋怡抡起小粉拳就对着朱迪一阵猛打。

一边打还一边念叨着："让你再欺负我，让你再欺负我！"

一阵玩闹过后，两人坐在草坪上，都不说话，却生出一种岁月静好之感。

没一会儿，朱迪向后一仰，躺倒在了草坪上。

"小怡，你说这个世界和我那个世界，到底有什么不同呢？"朱迪将双手枕在了脑后，望着深邃的夜空，没头没脑地问了一句。

蒋怡学着他的样子也躺了下来，撇了撇嘴说道："你这是故意为难我啊！好歹你还经历过两个世界，你都不知道，我上哪儿知道去！"

"嘿，这不你是天才，我不是嘛！蒋大教授！"朱迪这正经不过三秒的毛病，也就只有遇了蒋怡才会发病。

"你少来！天才，也不可能了解未知的领域啊！你说的，那得是神仙！"

"哈哈哈哈！你这贫嘴的功夫，我看倒正经是教授级别的！"

蒋怡直接白了他一眼，笃定不再接话搭理他。

微风蝉鸣，夜沉如水，渐渐地，蒋怡眼皮子有些耷拉，困意来袭。

"小怡，我们两个兜兜转转才能再在一起，所以我很珍惜这份失而复得的感情。可是，我就这样留在这里，真的没有问题吗？会不会发生什么不可控制的事情？"蒋怡刚要睡着，耳边就传来了朱迪的声音。

"你这个问题，根本就属于科学领域的未知命题！别说我没法回答你，这世上，恐怕就没人能知道答案！不是总说，时间是最好的见证吗？慢慢地，总会有答案的。"蒋怡伴着睡意的声音，忽远忽近，似清醒又似迷糊。终于在说完最后一个字后，撑不住睡着了。

朱迪扭头看着蒋怡睡着的脸庞，虽然不似醒时那样的有活力，但却透着一股安静淡然的纯真，仿佛拥有安抚人灵魂的魔力。

或许时间真的是最好的见证。即使在这样的见证下，自己失去了味觉、嗅觉，未来还不知道会不会失去更多。但，他却重新收获了亲人和爱人，这样也就够了！

如是想着，朱迪忽然就释怀了。

是啊，天塌下来也有高个子顶着，自己何必去自寻烦恼？

自从心中有了决定之后，朱迪跟蒋怡实打实地过了几天快乐又舒心的日子。

这天周五下午，朱迪出去见完客户后没什么事儿，就决定不回公司，而是直接去了学校接蒋怡。

到了学校后，蒋怡说这几天的天气不错，可以趁着周五来个市郊两日游，看看枫叶，陶冶陶冶情操什么的。

朱迪一听主意不错，当下就跟着蒋怡两人跑去超市大采购。完事儿蒋怡便跟着朱迪一起去他家帮着收拾收拾衣物，一会儿直接就可以从这里出发。

正当两人开开心心、有说有笑地走到朱迪家小区门口的时候，正在说话的朱迪却突然发现，整个城市的上空仿佛瞬间笼罩了一层浓浓的雾气。

这雾气来得很奇怪，因为是一瞬间发生的，没有一点儿征兆，没有一点儿过程。并且，朱迪能够感觉到，那雾气并不像北京地区惯常出现的雾霾之类的，而是似乎包含着浓浓的水汽一般！

就好像是，你用肉眼突然能够看见雨云一样。只是这雨云水分更多，面积更大，透视感更强。

突然发现朱迪说着说着话就没了声音，好像发呆愣住一般，蒋怡使劲儿晃了晃他。

“发什么呆呢你？看见大长腿美女了啊！”蒋怡俏皮地说了一句。

“你看天上，你不觉得这雾气很奇怪吗？”朱迪指着前方的大楼顶部说道。

谁知蒋怡却非常不解地看着他：“什么雾气啊？你可别乌鸦嘴，难得今天天气这么好！咱们郊游的东西可都准备好了，你是不是又不想去了！”

“我怎么可能骗你！你看，咱们头顶上真的有好多水雾，一眼根本望不到头！你看不到吗？”朱迪有些焦急地解释道。

看朱迪的表情不似在作假，蒋怡又很仔细地向着朱迪手指的方向看去，却依然没有看到他说的所谓的水雾。

“我相信你说的，但是，小迪，我看不到你说的雾气，天！气！很！好！”蒋怡很认真地对着朱迪说道。

两人深深地对视了一眼，心里都意识到了，这应该是只有朱迪才能看到的现象。只是，这样的现象是不是某种征兆呢？

这或许是两人心中共同的疑问。

发现蒋怡并不能看到那雾气，而朱迪自己也研究不出个所以然，所以他决定暂时先不管了，准备招呼蒋怡继续往家走。

突然之间，前方一辆摩托车开着晃眼的大灯，风驰电掣一般地朝着他俩呼啸而来。

朱迪抬起一只手挡了一下晃眼的灯光，另一只手就准备伸向蒋怡，想要将她往自己身边拉一拉，护住她。

然而，就在朱迪的手刚刚抓到蒋怡的胳膊，还没来得及用力拽她的时候，摩托车却直奔着蒋怡而来。

千钧一发之际，朱迪只来得及拽了一下，摩托车却依然擦着蒋怡的身体，将瘦弱的蒋怡给撞倒了。

蒋怡翻滚了一圈，碰到了路边的马路牙子上，昏了过去。

撞完之后，摩托车根本没有停顿，猛踩油门，仓皇而逃！

而朱迪在拽蒋怡的时候，跟那个戴着安全帽的骑手有了那么一瞬间的对视。只那一眼，朱迪就认出了这个撞人的人！

是那个假扮蒋怡的人！

看着已经驾车远去的那个女人的背影，朱迪来不及追赶，而是立刻上前查看蒋怡的情况，却发现她已经昏迷不醒。

大约半小时之后，朱迪抱着蒋怡来到了最近的医院。

经过一番仔细检查之后，医生告知朱迪，蒋怡身体有一些擦伤伴随轻微脑震荡，但是并无大碍。晕倒应该是惊吓所致，留院观察一晚，就可以出院。

谢过医生之后，朱迪回到了蒋怡的病房。此时蒋怡刚打完针，还在熟睡中。

朱迪胸口一阵烦闷，想到刚才的情景，还忍不住后怕。

那个女人究竟想要干什么？如果蒋怡真的出事，他不会放过她的！

站在窗口，心情烦躁的朱迪本想抽根烟缓解一下，但一想到蒋怡还没醒来，就又将烟放回了烟盒，只是把窗户推开了，想要吹吹风。

夜晚的凉风让朱迪的大脑清醒了不少，他仔细思索着蒋怡之前的分析，和这个女人从一开始到现在的种种情形。

在他每一次醒来之后，到这个女人找到自己，这中间似乎都存在着一些时间差。

也就是说，如果自己晕倒，循环的节点就会发生变化。当再次进入新的循环时，这个女人也必须重头捋线索，才能重新找到自己。

并且，当初的车祸是两人一起出的，所以这样的晕倒所带来的影响应该不是仅仅只针对自己一个人才对！

或许，她应该跟自己一样，同样是在医院里醒来。也只有这样，才是一个循环真正的开端！

正在朱迪准备想要去证实自己的猜测时，却莫名看到窗口出现一些飘荡的火光。星星点点，在夜空中极为明显。

那些火光忽上忽下，飘飘悠悠，有一些竟然顺着打开的窗户飞了进来。

此时，朱迪才看清那火光到底是什么。

伸出手去，几只尾部带着光团的萤火虫落在了朱迪的手心，伴随着轻微的灼热感。

朱迪正准备拿到眼前仔细观察时，却发现那些萤火虫像是仿佛离开了水的鱼儿似的，挣扎了几下就死掉了。随后，不到一两秒就消失不见了。

这么奇怪的现象让朱迪意识到，这应该又是给自己一个人看的“表演”。

随后朱迪再抬头时，突然发现窗外原本的住院大楼消失不见了，取而代之的是一整片的空地。

而在空地的中央，有一堆巨大的火焰就那样凭空燃烧着。在火焰的上方，朱迪看到一大团一大团刚才那样的萤火虫聚集在一起飞舞着。

即使被火光点燃却依然义无反顾，就好像扑火的飞蛾一般。

这样奇怪的现象越来越多了，朱迪已经来不及去探索它的含义究竟是什么。转过头看了看病床上蒋怡那熟睡的脸庞，三秒之后，咬了咬牙，迈步走出了病房。

如果他跟蒋怡的推断没有错的话，那么想让自己晕倒就非常简单。

朱迪也顾不上别人会不会觉得他是神经病，伸手随便拉住了一个路人，对他说出了一件与这边不同的、已经发生过的事情。

啪！

白光一闪，朱迪再次晕了过去。

时间不知道过了多久，朱迪被身体的刺痛感惊醒，头有些昏沉地从病床上坐了起来。

来不及查看自己身体上的状况，朱迪晃了晃脑袋，伸手拔掉了手背上的针头，直接翻身下床，推开病房门就踉跄着跑了出去。

病房走廊内，朱迪迎面撞上了刚刚打水归来的一个小护士。来不及帮忙整理撞翻的东西，朱迪匆匆说了一句对不起，就又快速跑走。

他必须跟时间赛跑，跟那个女人赛跑！

“着什么急啊……”小护士望着朱迪已经跑走的背影，莫名说出了一句似曾相识的话。

医院一楼大厅。

朱迪慌慌张张地在灯火通明的走廊里，找到了一处较为隐蔽的地点，将自己隐在此处向外观察着。

不多一会儿，在朱迪刚才跑出的方向，一个女人头上缠着纱布，步履有些蹒跚地向外走来。

眼看就快到门口处，从角落里蹿出的朱迪一把上前，抓住了女人的胳膊。

女人一惊，抬头望向了朱迪。

“我终于比你快了一次，你没想到吧！”经过了无数次的“被设计”，终于赶在前面一次的朱迪，语气中带着说不出的痛快。

“你……你是谁？干吗抓着我不放！”女人想要装出惊恐的表情，却不知道她结结巴巴的语气已经暴露了她的心虚。

“你不用再装了。我知道你就是跟我撞车的那个人，也知道了这个世界的不同！不然，你当我是怎么找到你的！快说，你屡次三番地找我麻烦，到底有什么目的！”朱迪打断了女人的话，声色俱厉地质问道。

听到朱迪这么说之后，眼前本来如受惊的小兔一般的女人，突然之间叹了口气，眉眼间似是带着些许痛楚，抬眼望着朱迪。

“你放开我吧，我们好好谈一谈。”说着，女人缓缓落下了手臂。

不知是被女人情绪的感染，还是没有抓紧，朱迪居然就那样由着女人的手臂从自己的手掌中脱开。

看了一眼朱迪后，女人缓缓地往不远处的草坪区走去，朱迪赶紧迈步跟上。

而就在两人刚刚转身离开时，医院走廊内的灯泡却突然燃烧起来，发出了耀眼的红光。

寻了一处长椅坐下后，女人示意朱迪坐在自己旁边。

“你说吧，我站着就行。”朱迪有些冷漠地看着女人，生怕她再要什么花招，所以连坐下都不愿坐。

女人看着朱迪对自己一脸提防的样子，苦笑了一下：“小迪，你真的不记得我了吗”

一语毕，女人的眼圈居然有些泛红。

已经跟这个女人相处过一阵子，朱迪深谙这个女人的眼泪流得有多么的轻易，说出口的情话有多么的容易。所以他丝毫不为所动地说道：“你别又给我演这种苦情戏！我看你演的还少吗？”

女人抬眼看了看朱迪，语气极为郑重地说道：“如果我说，我是蒋怡，你会相信我吗？”

谁知，听到女人如此说的朱迪，突然大笑出声：“你是蒋怡？你是不是当我是傻子，还是以为我会一次又一次地被你当猴耍？如果你是蒋怡，我会认不出你吗？如果你是蒋怡，为什么不敢见李伟，为什么连他也认不出你！如果你是蒋怡，那在我身边的又是谁！”

“小迪！为什么你还不明白！如果我不是蒋怡，那我们之间的记忆我是怎么知道的呢，我有说错过吗？如果我不是蒋怡……”

“你会知道那些记忆，是因为我们在碰撞的时候，记忆产生了交叉！你不用拿这个来说事儿。”朱迪不等女人说完，就强行打断了她。

“你既然知道我们的记忆产生了交叉，那你从我这儿知道了什么呢？如果我不是蒋怡，你要怎么解释，你的脑海里根本就没什么多出来的记忆呢？”

女人的声音里，已经隐隐带着哭腔。

“那谁知道呢！在咱们身上发生的事情，本来就不是已知科学可以解释的。既然都解释不了，那再出现点儿看似不正常的东西，又有什么好奇怪的！”朱迪根本就不当这是个理由。

“再说了，就算抛开记忆这一点，我找李伟认过你，可他却说你根本就不是他认识的蒋怡，你还有什么好狡辩的！你一直给我吃药，让我记忆模糊，还想各种办法避开去见李伟，不就是怕他拆穿你吗？你不用再装自己是小怡，我已经找到她了，你这样根本就骗不了我！”

女人在听到朱迪说这话后，霍地一下就站起了身，伸手摇晃着他，眼泪决堤地嘶吼道：“小迪！那是你的想象，是你的想象，你明白吗？那个女孩儿，是你自己想象出来的，我才是真正的蒋怡啊！”

听到女人这么说，一直以来都无比笃定的朱迪突然就愣住了。

五秒之后，朱迪一把甩开了女人的手吼道：“不可能！我自己能凭空想象出一个人来吗？你在骗我！”朱迪说到这里，停顿了一下，“就算是想象，你说你是蒋怡，我应该记得你的样子，为什么我会想象出一个跟你长得不一样的人？！”

女人被朱迪甩开后，情绪低落地坐回到长椅上。听到他的问话，片刻之后，才缓缓抬头看着朱迪的眼睛问道：“我们，真的长得不一样吗？”

如水的月光下，女人的眉目中透着哀伤，却与蒋怡长得极像，只是眼神不似蒋怡那般活泼明媚，而是带着那种知性女人的温婉平和；鼻梁处倒是和蒋怡生得一般无二，都是挺拔且小巧，一副标准的美人坯子；嘴唇部位却是与蒋怡最不像的。

因为蒋怡是天生的“微笑唇”，即使平时没什么表情地抿着嘴，也能感觉到好似微笑一般。那微微上扬的嘴角，总是能让跟她在一起的人如沐春风，心情大好。

但这个女人虽然唇形好像跟蒋怡的差不多，却缺少了蒋怡那种微笑上扬，充满活力的气质。反倒是好像闷闷不乐，充满心事的样子，就连嘴角也比蒋怡多了不少的纹路。

更不用提在朱迪的印象中，蒋怡一直都是不曾烫染过的长直发。而这个女人却是一头暗红色的大波浪卷发，透着丝丝的妩媚。

女人静静地看着朱迪，知道他一直在观察自己，良久之后，张嘴问道：“看出什么来了？是不是觉得，我没有你那个蒋怡青春活泼、纯真可爱，但再仔细看看，却有八九分相似！”

朱迪看了看她，虽没有回答，但却在心中肯定了她的说法。这个女人与小怡长得确实很像。

“小迪，时间是把杀猪刀。”女人说着，自嘲地笑了一下，“我虽然一直不想承认这句话，毕竟没有哪个女人愿意说自己老了。但是，却依旧抵不过现实的残酷！尤其是，我这个经历了五年的风风雨雨，五年来都在想着你念着你，努力想要回到你身边，一直过着漂泊无依生活的人，要怎么跟你记忆中那个拥有着青春年华、不老容颜，时刻保持在最美好状态的人比？你说得没错，我不是她，我们并不是一个人……”

女子说完之后，就好像失了魂一般，坐在那儿一会儿哭，一会儿笑。

而朱迪在听完她的解释之后，却震惊得不知如何是好，一会儿盯着女子猛看，一会儿又颓自念叨着不可能，不可能……

如此僵持许久，两个人竟都没有再一步动作。

“走！你带我去当面与她对峙！”女子突然霍地一下站起，不由分说，拉起朱迪就走。

第十三章　真相！真相！

脑子已经乱成一锅糨的朱迪，迷迷糊糊地就带着这个女人来到了蒋怡留院观察的医院。

然而，走进病房时才发现蒋怡早已不在这里。

这时，两人才想起，之前他们晕倒过，那么此刻应该是已经进入了新的循环，蒋怡根本不可能还在医院里。

朱迪突然有些心慌，自己好不容易才找到蒋怡，如果错过了时间点，没有丝毫线索的自己，要去哪儿再把蒋怡找出来呢?

想到这儿，朱迪有些怀疑这会不会是女人的又一个阴谋。但抬头一看，女人也是一脸的焦急，不似作假，便又打消了这个想法。

“这怎么办呢，小迪?你之前是在哪儿找到的她呢?时间就算进入另一个循环，也会跟之前的或多或少有着一些关联。你好好想想，你们两个是在哪儿遇见的，有没有过什么约定之类的?”

约定，约定……这么想着，朱迪突然灵光一现。自己之前在与小怡聊天的时候，有聊起了那个在父亲家莫名出现的游乐场。小怡却说自己也去过那个游乐场，如果能早点儿遇到，或许之后也不会发生那么多事。

两人当时还一阵遗憾，并且相约一定要抽时间去补上这场“约会”。

“游乐场，对！游乐场！去游乐场一定能够找到小怡！”说着朱迪就向外奔跑而去。

女人一看朱迪应该是想到了什么，就也迈步跟了上去。

不多一会儿，两人一起来到了之前那个气氛诡异的游乐场。虽然天色已经黑了下来，但游乐场里灯火通明，游玩的人们还是不见散去。

朱迪在游乐场里疯狂地奔跑寻找着，终于远远看见在游乐场的中心位置正在旋转木马上玩得像个没心没肺的孩子似的蒋怡。

然而，正当朱迪一颗心落下准备变跑为走时，从他身边路过的那些游客们却突然开始一个个地消失了。

待到朱迪扭头向左右两侧看去，那些游乐设施也一个接一个地消失不见了。甚至是朱迪身后那来时走过的地方，也都变成了像大野地一般的荒凉、渺无人烟，看着甚是恐怖。

“你看到了吗？这是怎么回事？之前在小怡病房的时候，我就看见对面的建筑消失变成了空地。怎么现在又出现这样的现象了呢！”朱迪对着旁边的女子问道。

“不只是你。从我们上次在北海公园分开之后，我已经见到好多地方变成了空地，并且越来越频繁！”女人的眉头也紧皱着，有些担心地看着四周对朱迪说道。

朱迪听完赶紧加快脚步向旋转木马跑去，生怕蒋怡也会跟着一起消失不见。

“小怡，小怡！”快到近前时，朱迪大声呼喊着蒋怡的名字想让她下来。

蒋怡看到朱迪之后，非常开心地向他可劲招手，并示意他稍等，自己马上就下来。

“小迪，你来啦，我都等你好久了呢！走，再陪我玩一次旋转木马啊，我想照相留念。”蒋怡看到朱迪之后，一边拉着他的胳膊撒娇，一边拽着他就要往过走。

朱迪看了一眼已经消失大半的旋转木马，赶紧一把将蒋怡拽了回来。

“呃……等一会儿再玩也不迟嘛！你看你，刚从那上面下来，怎么就还玩不够呢？跟个小孩子似的！你别乱跑了，我介绍个朋友给你认识。”朱迪有些宠溺地揉了揉蒋怡的脑袋后，让开身位，露出了背后的女人。

朱迪刚一说完，女人直接上前握住了蒋怡的手：“你好，早就听小迪提起过你，今天终于见面了！”

说完之后，女人就一直目光灼灼地盯着蒋怡，仿佛要把她看透似的。

反观蒋怡，却好像是被女人的气势所慑，愣了半天之后，才有些结巴地说道：“啊！你，你好，我是蒋怡，很高兴见到你。”

“呵呵，我也是蒋怡，见到你也很高兴！”女人面带微笑地回应道。

“小迪，这……是怎么回事啊？”蒋怡有些迷茫地看着朱迪。

朱迪抬头看了看两人，摸摸鼻子竟没有答话。他也想知道真相到底是什么！

“你不用看他，这事并不复杂，我来跟你说就行！”女人直接把话接了过来，“其实，你是蒋怡，我也是蒋怡！只不过，你是小迪想象出来的五年前的我。而我，才是真实存在的蒋怡！”

蒋怡听到这话，忍不住后退了一步：“你在胡说些什么啊！想象？怎么可能是想象！就算小迪在这个世界有所不同，我也是个有血有肉的人啊！你凭什么说我是被想象出来的！”

说完之后，蒋怡又上前一步，抓住了朱迪的手：“小迪，她是跟你撞车的那个人，对不对？她一定是有什么不可告人的秘密！我明明可以接触到你，你吻过我，我抱过你，我怎么可能是被想象出来的！”

朱迪看着小怡惊慌失措的样子，一时不忍，将她揽过来抱在了怀中，一边小声安慰着，一边用凌厉的眼神看向了女人。

女人抿了抿嘴，再进一步地逼问道：“好，你说你是真正存在的蒋怡，那我问你。你记得你小学时候的班主任叫什么名字吗？你记得你上中学时第一次把自己反锁在房间里不肯出来是为什么吗？你记得你高中的时候坐在第几排吗？你记得跟小迪分别的这五年你都生活在哪儿吗？你记得，你的妈妈，在半年前被确诊为肝癌晚期，最多活不过一年吗？！”女人说着说着，竟然失声痛哭起来！

朱迪猛地抬起头来看向了女人，在听到她说蒋母身患癌症之后，就愣住了。

女人缓了缓情绪，擦干了自己脸上的泪花，直视着朱迪怀中犹如受惊小兔般的蒋怡继续说道：“你不记得对不对？你不管怎么想，都没有大学之前完整的记忆，对不对？那是因为，你是小迪根据自己的记忆想象出来的，而他不可能有我以前全部的记忆！即使因为记忆产生交叉，你能偶尔想到一点，也绝对没办法完整连贯。因为你，根本就不是真正的人！”

女人在说最后一句时，话语无比的铿锵有力。而当她最后一个字音落时，朱迪和蒋怡似乎都陷入了某种思考之中。

没一会儿，朱迪似乎就想通了。女人，不，应该说是真正的蒋怡用事实说服了他，让他看清了真相。

想明白之后，朱迪的眼神就一直在两个蒋怡之间来回徘徊，一会儿面露复杂之色，一会儿却又带着些许不忍。

与此同时，女人的话也如当头一棒般砸在了蒋怡的头上，让她主动去想了想那些平日里并不去关注的事情。

然而，任凭她如何思考，都无法想出女人问她的那些问题的答案！

蒋怡迷茫了，怎么会这样呢？

“啊……我为什么会想不起来呢？怎么会，这怎么会！难道，我真的只是被你想象出来的吗？这不可能！这不可能！”

越想越崩溃、越想越惊恐的蒋怡，突然情绪爆发，对着朱迪狂吼着自问自答。

可这时，小怡却突然起了变化，朱迪再一次看到她在一点一点地慢慢变得透明。

“小怡，你……”朱迪指着小怡正准备说话，却又想起了自己在第一次见她的时候也出现过这样的状况。只不过那时就是只有自己能看到，所以朱迪以为这一次也是一样，就临时打住了自己的话。

然而，这一次却不一样！

小怡在看到朱迪抬手指了自己一下后，就低下了头看自己。而这一看，却让她发现，自己似乎快要变成透明了一般，吓得她瞪着一双惊恐的大眼睛，眼泪就毫无征兆地流了下来。

几分钟之后，渐渐恢复平静的小怡抬头看了看朱迪，又转身看了看目光复杂地盯着自己的女人，喃喃地念叨着：“原来，我真的是假的……”

一语毕，已经接近透明体的小怡，突然化作了光点，消失在了夜空中。

原本灯火辉煌，热闹非凡的游乐场，已经变成了一大片灯光黯淡的荒凉空地。空地上，隐约可见两个人影相对而立。

朱迪和蒋怡看着小怡化作光点消失后，一时间都有些不知道该跟对方说些什么，气氛有些凝滞。

“你……”

“你……”

呆愣许久的两人，竟然同时开了口。

“你先说吧。”停顿几秒后，蒋怡率先开口。

“那个，你真的是蒋怡？”朱迪有些犹犹豫豫地开了口。

“怎么，你还不相信我？”朱迪的怀疑让蒋怡感到有些不可置信。

“不是……我的意思是，你不会也是我想象出来的吧？我实在是有种眼见也不一定为实的感觉了。”朱迪有些不好意思地挠了挠头。

蒋怡看着朱迪那有些呆萌的样子，一下子乐了。

“你看看我身上这些成熟了的细节，可都是你不曾见过的样子，也不如你原本想象出的蒋怡那么青春靓丽。你就是真要想象，也不会想象成我这个样子，对吧？”

朱迪知道蒋怡肯定是因为自己认不出她而有些生气，在揶揄自己。所以只能乖乖地低头挠了挠鼻子，没敢接话。

“不过……”蒋怡说话拉着长音，直到朱迪抬头看向了她，才继续说道，“不过，没想到我在你心里，原来是那个样子啊！看在你始终把我记得那么美，对我呢也还算比较长情专一的分儿上，我就原谅你好了！”说着还歪着头冲朱迪坏笑了一下。

那俏皮的模样，仿佛一下子就回到了五年前。

“好呀你！耍我是不是！”朱迪说完，一把上去揽住蒋怡就胳肢她。

“哎呀，救命啊！哎哟，我不敢了，不敢了还不行嘛！”

空旷的空地上，响起了蒋怡银铃般的笑声，直达夜空。

最后，玩闹得有些累了的两人，终于幸福地拥抱在一起。那一刻，两人的心仿佛挨得更近了，也都更加踏实起来。

然而，正当朱迪准备对着怀里的人儿一诉衷肠的时候，却突然发现蒋怡没了声响。再低头一看，蒋怡已经昏了过去！

蒋怡的昏倒吓坏了朱迪，按照以往的经验，两人应该是在说出真相的时候才会有白光闪过然后晕倒。并且，两人是一种“共生”的关系，一个人晕倒，另一个人紧跟着也会随之晕倒，然后时间将进入新的循环。

然而，这一次，朱迪本以为自己也会跟着晕过去，却不料时间还在一分一秒地走着，自己却依然无比地清醒。

这一下，朱迪慌了！他尝试着呼唤蒋怡几次，都不见她有反应。无奈之下，只能抱起了蒋怡往家走去。

回到家后，朱迪将蒋怡放在自己的床上，皱眉凝视着她，陷入了沉思。

蒋怡跟自己一样，并不是这个世界的人。那么，普通的医疗检查也一定不会对她起到什么作用。

并且，如果自己没猜错的话，蒋怡的身体状况应该跟自己一样，是“金刚不坏之身”。

所以，即使送到医院去，也没什么用，反而还容易招惹麻烦！

想到这儿，朱迪拿出电话，调出了金教授的号码拨了出去。现在，也只能找他问一问了。

没一会儿的工夫，电话接通了，然而电话那头响起的却是女助理的声音：“你好，朱先生。教授刚刚从国外回来，在倒时差刚刚睡下，不宜打扰。但教授回来时有交代，如果您找他的话，可以在明天白天去他的办公室，他全天都会在。”女助理既客气又机械化地说道。

朱迪闻言，只好谢过助理之后，挂断了电话。

别无他法的朱迪，只好坐在床尾一边看着蒋怡，一边发呆。心中焦急，却也只能期盼着天早些亮。

好在大约过了一个多钟头，床上的蒋怡发出了微弱的声音，似是在慢慢苏醒。

朱迪赶紧欺身上前，生怕错过什么。

“小迪……小迪……”

“我在这儿，我在这儿呢！”朱迪一把抓住了蒋怡的手，以示自己的存在。

好似安下心来的蒋怡，终于不再发出声音，幽幽地醒了过来。

“你终于醒了，吓死我了你！”看到她醒过来，朱迪算是松了一口气。

蒋怡冲着朱迪笑了笑，让他安心。

“你怎么会突然晕倒呢？是跟咱们以前晕倒的时候一样，先有白光闪过对吗？你现在有没有感觉哪儿不舒服，记得我是谁吗？”朱迪有些急迫地一连串问了好几个问题。

“小迪，我没事！我也没感觉哪儿不舒服，就是头还有点蒙蒙的，可能缓一缓就好了吧！”蒋怡缓缓地说着，去宽朱迪的心，“其实我也不知道怎么就昏过去了。但是这次并没有什么白光闪过，就好像太累了，睡着了一般。你别害怕，我并没有忘记什么事情！”

“那就好，那就好！我还以为咱俩又要重新开始互相伤害，再互相纠缠了呢！”朱迪一看蒋怡没什么事了，就顺嘴开了句玩笑，想要逗笑她。

可是这一次，蒋怡并没有笑，而是看着朱迪，脸色非常认真地说道：“小迪，答应我一件事，好吗？”

从未见过蒋怡如此凝重的神色，朱迪赶紧收起了嬉闹的表情，认真等待她接下来要说的事。

“小迪，我们就留在这里吧，好不好？无论发生什么事，我们都留下来，好不好！”蒋怡对着朱迪认真地说道，不经意间甚至染上了一丝乞求的情绪。

朱迪猛地被蒋怡没头没脑的话弄得有些莫名其妙，只能问道：“无论发生什么事是什么意思啊？咱们留在这里，会发生什么吗？”

“我也不知道究竟会发生什么，我在这个世界中确实比你清醒得稍微早一些，可知道的就算比你多，也有限。我只知道这个世界是一个趋向于完美的世界，似乎是很多从前的遗憾在这儿都可以得到弥补！”蒋怡说着，仿佛陷入了回忆中一般。

“你知道吗，当我第一次回到家时，看到我妈健健康康地在家里，跟我说着她都快想死我这个女儿了的时候，我的眼泪瞬间就掉了下来。那时，我对这个世界已经有了一些认知，所以能再见到我妈健健康康的样子，我真的高兴极了！”蒋怡就如同再一次身临其境一般，又哭又笑地跟朱迪叙述着。

“嘿，那你比我强啊！我第一次见到我妈活生生地喊我吃饭的时候，差点儿没吓得夺路而逃！”朱迪仿佛也想到了自己再次见到朱母时的模样，有些失笑地说道。

“在我明白了这个世界大概的运行方式之后，我就开始找你。本想着找到你之后，我们就可以弥补掉从前的遗憾，从此快乐地生活。却没想到，你的记忆产生了断层，忘记了很多事情，尤其是我！然而我却不敢对你说出实情，我想要留在这个世界，我想要留住健康的母亲。可如果得到这些就意味着不能跟你在一起，那我绝对是做不到的！所以，我辗转周折，才让自己能够重回到你身边。虽然这样做，有着太多的不确定性，但只要有一天你能自己想起我来，那么一切就都完美了！”

“却没想到，我自己造了一个记忆中的蒋怡来，是不是？”朱迪接过了蒋怡没说完的话。

"事到如今，我不得不把一切都向你坦白，才能不至于让你离我越来越远。可我却并不清楚，这样做会带来什么样的后果。或许，今天的晕倒就是一个征兆吧……可是，小迪！我真的想要留在这里！在另一个世界里，医生已经对我母亲下了病危通知书，不管我怎样努力，她都不会好起来了！都不会了……所以小迪，你答应我好不好？答应我！我们就留在这里，你我相爱，父母康健，就这样快快乐乐地过下去，好不好！"

蒋怡激动地摇晃着朱迪的手臂，眼泪仿佛开了闸的自来水龙头似的，不住地往下流着。

"好好好！你快别哭了！我答应你，我们留下来，哪怕再发生什么事情，咱们两个人一起解决就是！好不好？快别哭了！明早我就去金教授那儿跟他聊聊，问问他有没有什么好的解决办法！"朱迪赶紧安慰着蒋怡。

最后，哭累了的蒋怡迷迷糊糊地躺在朱迪的怀里睡着了。直到睡着之后，也还死攥着朱迪的衣角不放，仿佛生怕他在自己睡着之后会突然消失不见似的。

而朱迪，在好不容易哄睡了蒋怡之后，思索良久，之后也一起进入了梦乡。

第二日一早，天才刚亮不久，朱迪就迷迷糊糊醒了过来。

转头看了一眼还在自己怀中熟睡的蒋怡，朱迪小心翼翼地抽出自己的手臂，一点一点地挪动身体，下了床。

等朱迪已经收拾打点妥当之后，又拐回屋内看了一眼蒋怡。发现她并没有要醒的征兆，朱迪写了张字条压在枕边后，就又转身出了门。

路过客厅时，却并没有发现平日这个点儿应该都在厨房做早餐的母亲。仔细回想起来，似乎自己昨晚抱蒋怡回来的时候，也没见她的人。

"去哪儿了呢……"朱迪自言自语了一句后，来不及细想就走出了家门，准备往金教授的工作室去。

好不容易在帝都拥挤的交通中披荆斩棘，到了金教授工作室所在的位置，却没想到自己实在是太心急，来得太早了。

看着紧闭的工作室大门，无奈之下，朱迪只好先随便找了个早点摊，决定边吃边等。

直到朱迪早餐吃完，又因为不好意思干坐着而要了无数杯豆浆之后，终于打远处看见在前面急行的女助理和跟在后面不慌不忙的金教授！

朱迪赶紧迎上去道了声好后，就跟着金教授一起走进了工作室。

“你说吧，一回来就听说你找了我好几次了，又发生什么事了吗？”金教授挥手示意了一下助理后，就把朱迪带进了屋中。

“教授，你出差的这段时间发生了好多事情。”朱迪一边说着，一边在对面的沙发上坐了下来，姿态也比第一次来时放松了很多。

“在我车祸醒来不久后，其实就有一个很陌生的名字经常出现在我的生活周围。起先我也并没有太在意，只当是一些竞争对手之类的。然后，不久之后，事情就越发复杂起来了！那个在我记忆中，无比陌生的名字，居然是我大学时期的女朋友！后来，因为某种我不知道的原因，她莫名失踪了，而我一直没有放弃，在随后的几年内一直在找她！然而，这些可以说对我而言无比重要的事情，我却通通不记得了！直到……”

朱迪一边回忆着这段日子发生的事情，一边组织整理着语言，尽可能简洁地向教授叙述着情况。

窗外的喧嚣逐渐平静了下来，工作日期间的早高峰也随着时间的流动慢慢结束。

大概说了有一个多小时的时间，朱迪才把自己这段时间的经历讲述完毕。而金教授也非常有耐心地一直在聆听着。

“虽然你说的这些，让我感觉比较震惊。但是按照你们分析的条理来说，准确度应该比较高。既然大部分真相你都了解了，那你还来找我，是有什么别的疑问吗？”金教授说着往前推了推茶杯，示意朱迪可以喝点水润润喉再说。

“教授，小怡现在的晕倒很奇怪。我总感觉应该跟她与我坦白了真相有关。可是，往常当我们说了不该说的真相时，都会两个人一起晕倒，但是这一次，我却一点事儿也没有！并且，时间似乎也没有进入新的循环！”朱迪喝了口茶水之后，将自己的疑问问了出来。

“先抛开你俩是否一起晕倒的事不谈，你说你随着时间的推进，身体在一点一点地失去感官，并且越来越频繁地可以看到周围有东西在消失是吗？”

“对！这一点我也觉得很奇怪！我明明身体有超强的恢复力，受到任何伤害都会复原，可为什么还会逐渐失去感官呢？并且，在每一次进入循环时，失去的感官并不会回来，就好像真正地消失了一般。”金教授的话正好问出了朱迪一直以来都在思考的问题。

“你有没有考虑过，那些感官的丧失代表了什么？而你看到的那些消失的东西，之后有再恢复吗？”

“我正想跟你说呢。有些东西是闪一下之后又恢复了，而有一些却是突然消失不见之后就再也没出现过。还有一些东西，是好像地貌特征的变化，就好像是……就好像是……”

“沧海桑田！”金教授接过了朱迪一直在想的那一句话。

“对，就好像是沧海桑田一般！就好像，时间流速被莫名地在我眼前调快了一样。并且那些东西似乎只有我和小怡能看见，这个世界中的其他人却看不到。也不知道是不是跟我们不是这个世界的人有关系。”

“时间流速……时间流速……”金教授一边说着，一边用手指敲击着桌面思考。这个动作倒是跟朱迪的习惯有些相似。

“你曾经在你父亲那里不是发现过各种快慢速度的钟表吗？或许，那个就代表了不同的流速！”

“不瞒你说，我当时是有那么一瞬间想到过的！但是，那些表几乎每一个走得都有不同。即使这里的时间流速确有不同，也不可能囊括每一个啊！要真那样，不就乱套了吗？”朱迪说着摇了摇头。

“可你每次醒来不就是乱套的吗？按照你们的说法，时间进入重新循环的节点是随机的。那么，时间流速自然也是随机的。”金教授一语道破地说道。

“而你周围的人、事、物的消失，或许是在告诉你些什么，或许是一个征兆！”

“人的消失？我周围并没有什么人消失了啊？！”朱迪有些不解地问了一句，但紧接着又好似想到了些什么，“不对不对！你说得对，我身边是有人在消失着！小怡曾经跟我说过，这个世界可以弥补我们心中曾经的遗憾，那么它就应该是趋向完美的！可是，我的父亲却莫名死了，母亲好像也失踪了，就连之前的小怡也仅仅是被我想象出来的而已！”

“死亡、失踪、建筑物的消失、感官的失去……这些……这个世界……这个世界在崩塌！”

“崩塌！”

朱迪猛地抬眼看向了金教授，两人居然同时说出了自己的推断！

“不对，这也不对！我跟小怡是不会死的。如果这个世界在崩塌，那我们两个呢？我们两个没有事吗？”

“这个世界或许只会剩下你们两个人吧……”

“朱迪，你一定已经意识到了，只是自己不愿去承认而已！自打你来到了这个世界上，你周围所熟悉的人是不是几乎都没有苍老过，着装打扮是不是都是你所熟悉的？而你每天见到的、听到的那些不认识的人或者场景，是不是也同样给你一些隐隐的熟悉感？”金教授一直直视着朱迪的双眼，话语缓慢且铿锵有力地说道。

而金教授每多说一个字，朱迪的眉头就越皱越深。

“上一次你来的时候，我就说过，这些应该都是你的臆想，但你当时极力否认了！而我也是在看过你超出常人的恢复力和以后对你所说的事实进行了查验后，渐渐否定了我这一想法。”金教授说着咳嗽了几声，“但这一次我却觉得，我上次的说法是对的！”

“怎么可能都是我的臆想呢！教授，他们都是真实出现在我身边、跟我一起生活的人啊！上次你不是已经相信我了吗？”朱迪一听金教授又一次老话重提说他是臆想，顿时有些激动。

“你听我说完话啊！我没说他们不是真实生活在你身边的，但他们也不太真实……因为，你不只臆想了那些人、事、物，可以说，这整个世界都是你，或者说你俩臆想出来的！”

金教授最后的这一句话，让朱迪彻底地呆愣住了！

整个世界都是臆想的？这怎么可能！

其实朱迪在心里不是没有往这个方向上想过，因为似乎只有这样，才能很完美地解释这些时日发生的这些事情！

可是，他在每次有这个想法时，就又很快否定了。如果这整个世界都是臆想的，那他跟蒋怡又是如何存在在这儿的呢？以一种什么样的方式存在的呢？！这些都是他所想不通的，所以才会放弃了这样的想法。

如今金教授再次提起这个跟自己不谋而合的想法后，朱迪再次慌乱了。

“不可能，不可能！这个世界不可能完全是被臆想出来的！它那么完整，有那么多建筑、风景，都是我没有见过的，我怎么可能想象出来！”

“你这样是在自己骗自己。以你的科学知识，你不可能不知道人类的大脑有多么的复杂，大脑皮层下的潜意识能够记住多少东西！可以说，你人生经历的三十多年，都完整地储存在里面。你或许看不到，但不代表它想不到！”金教授说着还用手指了指自己的头部。

朱迪有些难以置信地看着金教授，更多的应该是一种自身的抵触和不愿意承认。

朱迪一直在内心跟自己较劲，挣扎了许久之后，他像是突然想到了什么似的，猛然抬起头来盯住了金教授！

一直以来，自己来找金教授解惑，可过程大部分都像是在自问自答，或者是跟自己心里的想法在对话。因为金教授每次说出的话，多多少少都跟自己的想法差不多，又或者是自己曾经想到过，但并没有去深究的问题。

直到今天，他似乎已经无法再逃避了！

朱迪抬起了头，神情复杂地苦笑了一声后，对着金教授说道：“原来你，也是我想象出来的……”

朱迪的话刚一说完，眼前的金教授突然化作了光点，彻底消失了。

第十四章　尾声

朱迪呆愣地坐在空荡荡的房间里，一时不知所措，仿佛人生没有了方向。

失魂落魄地走出了屋子，不出所料的，原本在外面办公的女助理也不见了踪影。

苦笑着走出了大楼，朱迪步履有些蹒跚地往家的方向走去。

沿路上，朱迪不住地看到有建筑物在消失、突然燃起的冲天的火光、四处奔跑着逃命的人群……原本无比地喧闹，却在一瞬间被袭来的水浪包裹，然后凝结成冰！

就好像世界末日一般！

等到朱迪走到了他家所在的街区时，一切却又恢复了正常。

站在十字路口处，回头看，是一幅人间地狱的景象；向前望，却是一派宁静祥和的俗世。

仿佛徘徊在人生的十字路口一般，朱迪来回地看着两侧泾渭分明的景象，突然之间向着家的方向猛地起跑。他需要一个发泄的出口，他需要一个可以跟他讨论事情真相的人！

回到家后的朱迪，看见蒋怡正披着他的风衣站在窗前，呆愣地看着外面的一切。

“小迪！”蒋怡的声音充满了惊恐，“外面这是怎么了？你一路回来有没有事，有没有伤着哪儿啊？”

朱迪看到蒋怡那因为担心而显得有些呆萌的神情，不知怎的，突然就不烦躁了。这就好像是本来你以为自己考了全班倒数第一，突然有人找到你说，你并不是倒数第一，他比你还低一分的时候，那一个瞬间，会比得了第一还要舒爽万分！

有人比你还需要安慰的时候，你自然就会坚强高大起来。

“外面正拍2012呢！绝对比什么3D、4D、5D要来得真实惊险，你要不要出去感受一下啊？那年你不是总嚷嚷着让我陪你多看几遍吗？走，现在我就带你出去当上帝。”朱迪说着就刮了一下蒋怡的鼻子，佯装要带她出门。

蒋怡被朱迪不正经的样子逗笑，神色也舒缓了许多。

“别闹，到底怎么回事啊？我看街那边就跟世界末日似的，咱们这边倒是什么事儿都没有。”蒋怡打了一下朱迪后，拉他在餐桌前坐下。

“具体是怎么回事我也只是猜测出二三。”朱迪说着正了正神色，“应该是咱俩的相认触动了这个世界的某些规则吧……老话总说，过犹不及，一件事情太完美的话，也就到了崩溃的边缘了！”

“你的意思是，这个世界在崩溃？”蒋怡不可思议地瞪大了眼睛。

“嗯，应该是的！我刚去找了金教授，结果发现他也是我想象出来的！”说到这儿，朱迪忍不住苦笑了一下，“从他那儿出来之后，外面的景象就变成现在这个样子了。”朱迪站起身双手抓住蒋怡的肩膀，神色认真地说道，“小怡，如果我们继续留在这里的话，这个世界最终会消逝的！”

“不，小迪！你忘记你曾答应过我，无论如何都会陪我留在这里吗？你怎么可以说话不算数呢？我不要离开，我不要！离开这儿，我就只能过着没有你孤苦无依的日子；离开这儿，我就只能过着看见我妈在病床上痛苦不堪却束手无策的日子！我不要！小迪，我不要！”蒋怡被朱迪的话一惊，说着说着就激动地痛哭起来。

“小怡，你冷静一点儿！难道你还不明白吗？这世上怎么会有没有遗憾的世界！如果我们继续留在这里，不管是你妈还是我妈，都会一个接一个地消失，这样又跟她躺在病床上有什么分别？到最后，这个世界上就只剩我们两人，周围都是一片荒芜，这就是你想要的吗？”

“可是……可是我们回去或许会死，或许会严重伤残，或许……”蒋怡不住地摇着头。

朱迪走过去一把拉起蒋怡将她揽入怀中，声音柔和地安慰道：“不要怕，不要怕！不论如何，我都会陪在你身边的不是吗？好啦！你也是受过高等教育的精英，在面对生死这种不可控的事情时，要坦然嘛！”

朱迪捏了捏蒋怡的脸颊：“来，笑一个！要说咱俩，可比一般人幸运多了！撞了车，不但没死，还体验了一把当超人的瘾！平白给了我们几个月的相处时间，澄清了误会，吐露了心扉，就是真要死，也没什么遗憾了啊！”

蒋怡打掉了朱迪掐自己的手，白了他一眼，正要赞同他终于狗嘴里能吐出象牙了，谁知却被他突然“啊”的一声，吓了一大跳。

“你干吗呀！怎么一惊一乍的！”蒋怡用小手拍着自己扑通扑通直跳的胸口。

“我还有一个很重要的遗憾！”朱迪一脸猥琐地看着只穿了自己一件

风衣，露出一双大长腿的蒋怡。

“什么啊？”蒋怡吓得赶紧紧了紧衣服，退后了一大步。

“我要……”朱迪欺身上前，直接一把将蒋怡打横抱了起来，“牡丹花下死，做鬼也风流！哈哈哈哈！”随后一边大笑着，一边就走进了卧室。

红罗帐下，美人旖旎，公子风流，不知日夜……

吃过晚饭后，蒋怡本准备叫朱迪一起出去看看外面的情况，没想到一转眼，朱迪却不见人影了。

找了半天，才发现书房的灯亮着。

“你一吃完饭就跑到书房来干吗啊？以前也没发现你那么爱学习啊！”蒋怡一边调侃着，一边推门走进了书房。

“我在上网查资料呢，看看有什么方法能让咱们回去。”朱迪头都没来得及抬起地回道。

蒋怡听到这话，心里还是有些抵触，所以没有出声，有些欲言又止。

半天没听见蒋怡的声音，朱迪疑惑地抬起头来，却发现她好像发呆一样地站在门边，半天没有动弹。

“怎么了？离开这个世界的事儿不是咱们都已经有共识了吗？”

“我知道，我也不是说不回去！我只是，需要点儿时间缓缓吧……”蒋怡说着强笑了一下。

朱迪知道蒋怡并不是一个犹犹豫豫的性格，所以点了点头，就没说什么。

“查得怎么样了，有什么结果？”

“喏，你看吧。真正有用的信息没几个！”朱迪一摊手，一脸无奈地回道。

“来，你请让开。这种专业的科学知识，需要专业的科研人员才能搞定！你，就别凑热闹了，好吗？”蒋怡一脸鄙视地将朱迪从电脑前轰走了。

没办法，朱迪自觉不是专业人士，只好乖乖地让开，转身去厨房煮咖啡了。

没想到，当朱迪端着咖啡回到书房的时候，却发现蒋怡正一派悠闲地看着他。这左右不过二十分钟的时间，她不会就查完了吧？

“你这是……累了休息呢？”

“不啊，我已经查到怎么回去了啊！”蒋怡仰起脸来，一脸骄傲。

“呃……那你说吧，我洗耳恭听！”朱迪一副装谦虚的模样。

“想要回去，其实说简单也简单，说难呢，也有点难……”蒋怡故意装作看不懂朱迪表情的样子，拖着长音不疾不徐地说道，“我们必须找到一个失重的空间，利用强有力的冲击去扭曲时空，这样我们就能回到原来的世界！不过，绝对的失重基本是不存在的，所以只要是微重力空间就行。只是，所需冲击力的大小就要受微重力值影响了。”

“听着完全就像穿越小说一样不靠谱……不过，你说的这个之前我在咱们的车祸地点发现了。咱俩完全可以开车去那儿，再撞一次呗！”

“嗯，能有这样的地方当然是最好。不然，咱俩就得想办法往百慕大跑了……”

“OK，那我们就明天出发去怪坡玩‘碰碰车’！好啦，闲话说完，我们现在是不是应该继续去做正经事了啊……”

翌日清早，两人风风火火地出了门，直奔车祸发生的怪坡而去。

“小迪，咱们就不能缓一缓，休息一天，准备充分了再去吗？我实在是困得不行，现在除了睡觉，我什么都干不了！”蒋怡一路上都有些别别扭扭，推三阻四。

“你想睡觉，那正好！等到了地方，你就闭着眼睛，猛踩油门，当碰碰车开就行。反正咱们是奔着撞车去的，你整得越惨烈，效果越好！”朱迪嬉皮笑脸地回了一句，打破了蒋怡最后的幻想。

“……”

蒋怡无语。

大约一小时过后，两人抵达了怪坡附近，眼瞅着离十字路口还有不到500米的距离。

“有点儿不太对劲啊……”蒋怡微微皱眉，有些疑惑地嘀咕道。

“怎么了？”

“小迪，你那天晚上来的时候，感知过微重力大概的范围吗？按理说我们已经很接近十字路口了，按照你之前说的我们应该已经会受到一些影响了，可现在……”

正在开车的朱迪听到蒋怡的话后，猛地一脚刹车，愣在了原地。

“那天晚上的事情发生得太突然，而我被甩上天之后又费了好大的劲才返回安全区域，所以就没太留意距离的问题。”朱迪回过神后，回想了一下当晚的情况后说道，“别琢磨了，等我们到了十字路口，自然就会有答案了。”

话音落，朱迪一脚油门踩到底，车子瞬间蹿了出去。

几十秒之后，朱迪与蒋怡一脸疑惑地站在了十字路口，茫然四顾，呆愣无比。

不知为何，这个十字路口前后的怪坡消失了，呈现在两人眼前的是一马平川的康庄大道。而随之消失的，还有之前朱迪亲身遭遇过的那个微重力空间！

是的，这只是一个平凡的十字路口，如同千千万万个十字路口一般，并无特别。

已近晌午，一脸失望加疲惫的朱迪带着同样眉头紧锁的蒋怡，回到了家。

俗话说，一鼓作气，再而衰，三而竭，尤其是这种“慷慨就义”的赴死之事。所以，朱迪现在的心态越发的纠结，他必须什么都不想，先好好睡一觉，然后再重新建设心理，整理出发！

看到朱迪那满脸疲态，蒋怡没说什么，而是咬了咬下唇，转身走入了书房。

一夜无话，朱迪一直睡到第二天日上三竿，才神清气爽地走出卧室。

找了一圈之后，最后才在书房发现了一晚上都没怎么睡觉的蒋怡。

“我有一个好消息，一个坏消息，你想先听哪个？”蒋怡看见推门进来的朱迪后，抬起头来微笑说道。

“早晨的阳光不错，那就先听好消息吧。”朱迪打了个响指说道。

“好消息是，虽然怪坡消失了，但是我已经找到新的区域可以让咱们回去了！准备妥当，咱们就可以出发了。”蒋怡淡淡地叙述道。

“去你上次提起的百慕大吗？”

朱迪走到转椅旁边，轻轻为蒋怡揉捏着肩膀。

“对！昨天我用了一晚上的时间，算出了我们所需区域的大概坐标，但具体位置等我到那儿看到确切的地貌特征时，应该就能知道。不过，这个坐标会受到引力和潮汐的影响，所以我们只有三天的时间！如果三天之内到不了那里的话……”

蒋怡说着，就给了朱迪一个“你懂得”的表情。

“好了，现在问题来了。请问你是拥有美国签证、申根签证，或者是加拿大签证这三者之一？”蒋怡一脸严肃地问道。

“不好意思，作为一位在全球都拥有业务的大型科技公司的销售总监，你说的这三个签证，鄙人恰好都有！”

“嗯！那这样就好办多了，我现在就订机票，咱们今天就飞迈阿密！”蒋怡说完就埋头看电脑搜机票了，完全无视朱迪那一脸怪怪的神情。

“所以说，签证问题就是坏消息？那么现在问题解决了？”朱迪顿了顿问道。

“其实，签证只能算半个坏消息！”蒋怡抬起头来俏皮地看着朱迪说道。

“那，另外半个坏消息呢？”

“另外半个嘛……”蒋怡娇笑了一下，为了调节气氛，撒娇着说道，“另外半个就是，我饿了，老公！”

“……”

这一次可以说是朱迪和蒋怡的“死亡之旅”，所以两人非常“土豪”地买了两张头等舱的机票。

两人在这一路上可谓是充分地领略了各种“自然风光”和“神奇的大自然”，时不时地一个闪电“劈燃”了云彩，明明是在平流层却刮起了龙卷风……总之，这趟航班不像是飞往热辣海滩的迈阿密，倒更像是开往地狱的最后一班列车，吓得机上的乘客吃不好饭也睡不好觉，到处都能响起各色的祈祷之声。

反观朱迪和蒋怡，完全无视这些自然现象，什么龙虾啊、牛排啊，吃得滋滋作响。香槟是一瓶接一瓶地要，喝了个底儿掉，完全是一副蜜月姿态，绝口不提之后的事。

折腾了将近三十个小时后，转了一次机的两人才算安全到达迈阿密。

找了个酒店住下之后，对于接下来要进行的事情，两个人却有点儿不敢置信了。

蒋怡算出来的那个坐标在地图上看，就是一片位于百慕大三角中心地带的宽阔海域，两人总不能游过去吧！

然而在当地找船时，开始都谈得好好的，可每一个船老大在看到蒋怡给出的坐标后，都一口拒绝了！那头摇得跟拨浪鼓似的，一边摇还一边念叨着：“No，no，no！It’s Evil area.It’s Evil area！”

遍寻无果后，两人都很心焦，因为时间是不等人的！

坐在岸边，两人一边吃着热狗，一边双目无神地看着海边的各色猛男美女发着呆。

时间就这么一点点被消磨掉。傍晚，依旧无计可施的两人，无奈地在后院沙滩上晃荡，远处的海风带来凉爽湿润的空气，却无法抚平两人心中的急躁。

这时，身后忽然传来了蒋怡的轻呼声。

“怎么了？”

“我好像看到了一个黑影在房顶那儿……”蒋怡有些怯怯地说道。

“你快别自己吓自己了！赶紧先回宾馆吧。”朱迪说完就迈步准备走。

“等一下！老公，那个，你会开飞机吗？”

“我哪会开飞机啊……”朱迪漫不经心地应付着。

“哎呀！你看房顶平台上！”蒋怡拉了朱迪一把，一手掰着他的头，一手冲着楼顶指去。

“直升机！美国群众也太会玩了，隐形土豪啊！”

感慨了一句，朱迪却像是想起了什么一样，无独有偶，几乎同时间，蒋怡和朱迪对视了一眼，都看出了对方眼神之中闪烁出来的莫名意味。

一番折腾后，两人终于爬上了停机坪。

可好不容易坐进了驾驶室后，两人却大眼瞪小眼儿地泛起愁来。

“那个，你是男的，你开吧！”

“开这玩意儿跟男女有什么关系！你看，你是物理博士，自学能力又强，要不你琢磨琢磨，说不定就开走了呢！”

“我……我机械课上也没学过怎么开直升机啊……”蒋怡也是愁眉苦脸起来。

“要不，咱俩还是找个游艇开算了，那玩意儿好歹还好操作一点儿！你说万一咱刚把这直升机捣鼓起来，没飞两下再掉下来，砸死个人什么的，多不好！就是砸不死人，砸到了花花草草，也是不对的，你说呢？”朱迪非常诚心实意地建议道。

就在两人你看我、我看你的纠结时，一个有些苍老声音突兀间传来：“我来送你俩吧！”

“啊——鬼呀！”

蒋怡循声望去之后，立刻就吓得尖叫起来。

她这一叫不要紧，没多会儿别墅里的灯就亮了起来，紧跟着“What happens？”“W.T.F.”之类的声音就传了出来。

而朱迪此时借着灯光，呆愣地看着眼前说话的人，一时不知作何反应。

“别叫了！我是人，不是鬼！赶紧上飞机，一会儿人多了就不好走了！”男人的声音带着些许威严，让朱迪和蒋怡不自觉地就照办了。

嗡——唰唰唰！

那些复杂的仪表、开关，在男人的手里简单得就好像是小孩玩具一般，不到半分钟的时间，螺旋桨就转了起来。

“Fucking you！……”

直到直升机飞入了海面上空，依然还能听到身后传来的咒骂之声。

……

直升机飞出一段距离后，身后的迈阿密海滩突然传来巨大的声响，似乎是海底发生了剧烈的地壳变化一般，掀起的海浪仿佛是巨鲸的嘴一般，瞬间吞噬了大半个海滩。

而这巨响也震醒了一直呆滞的朱迪。

“爸……是你吗？！”

“不是我，她能吓成那个样子吗？”朱父指了指蒋怡说道。

依旧沉浸在震惊中的朱迪一时间竟不知道该怎么接话。

而缓过来的蒋怡看了看两父子，想说些什么，但又不知道从何说起，最后也只能沉默。

一时间，机舱内落针可闻。

“小怡，当年，是我话说重了！这些年……你是个好孩子，有骨气！”谁都没想到，先开口的竟然是朱父。

“不，叔叔，当年是我不懂事，年轻气盛。您……您别放在心上！”蒋怡想到五年间和最近的种种事端，不禁有些红了眼眶。

“爸，您，那个，您怎么又活了？”朱迪想了半天，有些犹豫地问出了心中的疑问。

“其实我也不是很清楚，不过我能出现在这儿，应该是，应该是你心里对我的恨没有那么重了吧……”朱父叹息一声后，缓缓地说道。

朱父的话就仿佛是一把刀一般，突然一下插入了朱迪的心中。他不禁怔怔地回想，回想起从最初的崇拜到最后的厌恶，那一点一点累积起来的“恨”，究竟怎么变得如此强烈。竟然强烈到让自己在这个世界中对自己的父亲如此的狠心？强烈到在现实中，他已经四年没和父亲联系，说过只字片语！

然而直到在这个自己可以随心所欲的世界里生活这几个月的时间，他才有机会静下心来去回忆他与父亲之间的种种。他才有机会想明白，原来在他与父亲的矛盾中，更多的是因为自己的“无能”和“懦弱”才会导致他逃避他原本喜欢的一切，逃避那个他曾无比崇拜的男人！因为，他无法达到父亲的期望，所以他“逃走”了！

“爸，对不起。”

想通了一切后，朱迪抬起头来，无比认真地对着父亲说道，眼圈泛红。

“如果回去后，我还活着，我一定会好好孝敬您！”

朱迪默默地在心里想着。

“哈哈哈，你是我儿子！有什么可对不起的！”朱父端坐在驾驶位上，仿佛解开了多年心结一般，爽朗地笑着回应道。

然而紧接着，朱父的声音却有些低沉了下来，控制着方向盘的手也止不住有些颤抖：“这些年，是我忽视了家庭，忽略了你妈，是我的错！我的错！”

“爸……”朱迪欲言又止。

“大老爷们儿，有错就不怕认！”朱父说着，快速用手掌抹了一把脸，继续呢喃道：“只是我们都不知道，还是否会有未来的日子，给我们弥补错误，偿还错误……”

朱迪和蒋怡抿着嘴，一声没吭。

“小迪啊……其实有一句话，我很多年没跟你说过了！”朱父苍老的脸颊泛着笑意，声音爽朗地补充道，“其实……我一直拿你当作我的骄傲！”

朱迪猛然一愣。恍惚中，似乎在他年少时第一次输掉了物理竞赛，倔强地流着泪半梦半醒时，父亲曾摸着他的头说过这句话！

然而，这深藏在记忆中的温情，直到此时才被唤醒！

半小时过后，直升机接近了百慕大三角的中心地带。前方不远处，一个巨大的旋涡仿佛可以吞噬一切般，在海面上咆哮着。

“小迪，那里，应该就是我们要去的地方了……”蒋怡看着旋涡，有些失神地说道。

“小迪，小怡，我只能送你们到这儿了。”

朱父看了看漩涡，又看了看两人后说道。

然而，没等朱迪回话，朱父就化作光点消失了。

“小怡，你说现实中，我爸他也原谅我了吗？”

朱迪看着朱父消失的方向，怔怔地说道。也不知道是在问蒋怡，还是在问自己。

蒋怡没有回答他的问题，只是握住了朱迪的手。

几分钟后，朱迪深深呼了口气，恢复了一些精神。

“小怡，现在到我们了！你怕吗？”朱迪吻了吻蒋怡的手，轻声问道。

“怕，也不怕！”蒋怡深深地看了一眼朱迪，笑着回道。

“哈哈哈！那我们就出发了！”明白蒋怡话中含义的朱迪，大笑了一声后，按下了直升机的电源按钮。

几秒之后，直升机机头朝下，直奔漩涡而去。

机舱内，一男一女紧紧拥抱在一起，嘴角含笑，眼角有泪。

就在机头猛烈撞击到海面的一瞬间，一道刺目的白光闪耀，整个世界随之扭曲……

市郊国道的十字路口处，来往的车辆被刚刚发生的重大车祸拥堵在路边，进退不能。远远传来的汽车蜂鸣声混合着空气中淡淡的血腥气息，使得整条街道都弥漫着一种混乱和焦躁。

车祸现场，保险杠、轮胎轮毂等各种零件散落一地，焦黑的轮胎摩擦地面的痕迹仿佛某种神秘符号一般，画着没人能看懂的“画作”。不远处，两辆早已看不出品牌的变形车辆交错而“立”，无人问津。

现场的医生护士早已忙得焦头烂额，一边要给几个因连环追尾的病人做简单的轻伤处理；另外一边，还要给朱迪和蒋怡做紧急抢救。

“病人还是没有心跳反应，血压持续下降！”小护士焦急地喊道。

“继续加压！”医生立刻吩咐道。

“电压300！”

“准备完毕！”

“放！”

“嘀……”

“电压330！”

“准备完毕！”

“放！”

……

“两个病人同时宣告死亡……”医生对旁边负责记录的护士说道，沉重地摇了摇头……

后记

近日，金教授的朋友——科学院理论物理研究所林院士团队，在天体物理的研究上有了新的发现和突破。

此前，林院士曾在重力舱中利用超导体的碰撞试验，发现在特定波段环境下，两个超导体碰撞之后，会出现短暂的“消失”现象。而重新出现的超导体所带回的电波图呈现出庞大、复杂、不规律重复等特点。根据这一现象，林院士提出了“特定情况下的碰撞，会产生不同流速的时间裂缝”这一命题，轰动了业内人士。

然而，由于一直没有更进一步的实验进展，对于这一命题的“伪命题说”在国际上也是愈演愈烈。

但在上星期发生的一场意外车祸，却让林院士有了新的数据考证。根据林院士所说，这对车祸男女在抢救过程中，脑电波一直持续着“剧烈”活动。并且，二者的脑电波波段有绝大部分的重合，且脑电波图相当于常人几个月的活动频率。这一发现，让林院士相信，二者在车祸的碰撞中发生了一些特殊的特定环境因素，导致二人碰撞后，脑电波交互，产生某一磁场下的时间裂缝，并在此裂缝中度过了几个月，甚至是半年以上的时间。

这一新的研究发现一经发表，立刻引起了业内的轩然大波。次元空间一直是天体物理的主要研究方向，也是基于爱因斯坦相对论对于空间与时间维度的辩证和探究。虽然这一理论我们至今为止还无法证明，但是随着数据的收集和不断地实验，我们相信，终有一天可以见证那一刻的到来。

昨天为止只是序章中的序章，

时钟的指针仍在继续。

梦中相逢不见，

知梦何须醒？